रामधारी सिंह 'दिनकर'

जन्म : 23 सितम्बर, 1908 को बिहार के मुंगेर जिले के सिमरिया नामक गाँव में हुआ था। शिक्षा मोकामा घाट के रेलवे हाईस्कूल तथा फिर पटना कॉलेज में हुई जहाँ से उन्होंने इतिहास विषय लेकर बी.ए. (ऑनर्स) की परीक्षा उत्तीर्ण की। एक विद्यालय के प्रधानाचार्य, सब-रजिस्ट्रार, जन-सम्पर्क के उप-निदेशक, भागलपुर विश्वविद्यालय के कुलपति, भारत सरकार के हिन्दी सलाहकार आदि विभिन्न पदों पर रहकर उन्होंने अपनी प्रशासनिक योग्यता का परिचय दिया। 1924 में पाक्षिक 'छात्र सहोदर' (जबलपुर) में प्रकाशित पहली कविता से साहित्यिक जीवन का आरम्भ।

प्रमुख कृतियाँ : कविता–रेणुका, हुंकार, रसवन्ती, कुरुक्षेत्र, सामधेनी, बापू, धूप और धुआँ, रश्मिरथी, नील कुसुम, उर्वशी, परशुराम की प्रतीक्षा, कोयला और कवित्व, हारे को हरिनाम आदि। **गद्य–**मिट्टी की ओर, अर्धनारीश्वर, संस्कृति के चार अध्याय, काव्य की भूमिका, पन्त, प्रसाद और मैथिलीशरण, शुद्ध कविता की खोज, संस्मरण और श्रद्धांजलियाँ आदि।

सम्मान : 1959 में 'संस्कृति के चार अध्याय' पर साहित्य अकादेमी पुरस्कार और पद्मभूषण की उपाधि। 1962 में भागलपुर विश्वविद्यालय की तरफ से *डॉक्टर ऑफ लिटरेचर* की मानद उपाधि। 1973 में 'उर्वशी' पर भारतीय ज्ञानपीठ पुरस्कार। अनेक बार भारतीय और विदेशी सरकारों के निमंत्रण पर विदेश-यात्रा।

निधन : 24 अप्रैल, 1974

विवाह की मुसीबतें

रामधारी सिंह 'दिनकर'

लोकभारती पेपरबैक्स

लोकभारती पेपरबैक्स में
पहला संस्करण : 2019
तीसरा संस्करण : 2025

लोकभारती पेपरबैक्स : उत्कृष्ट साहित्य के लोकप्रिय संस्करण

लोकभारती प्रकाशन
पहली मंजिल, दरबारी बिल्डिंग, महात्मा गांधी मार्ग,
प्रयागराज-211 001
द्वारा प्रकाशित

वेबसाइट : www.lokbhartiprakashan.com
ईमेल : info@lokbhartiprakashan.com

शाखाएँ : 1-बी, नेताजी सुभाष मार्ग, दरियागंज, नई दिल्ली-110 002
अशोक राजपथ, साइंस कॉलेज के सामने, पटना-800 006
1, अनमोल सोराबजी संतुक लेन, धोबी तलाव, मरीन लाइंस, मुम्बई-400 002

बी.के. ऑफसेट
नवीन शाहदरा, दिल्ली-110 032
द्वारा मुद्रित

मूल्य : ₹ 199

VIVAH KI MUSEEBATEN
Essay by Ramdhari Singh 'Dinkar'

ISBN : 978-93-89243-07-9

प्राक्कथन

पूज्य राष्ट्रकवि रामधारी सिंह 'दिनकर' को गुजरे छियालीस वर्ष हो गए। अब उनकी 110वीं जयन्ती का वर्ष बीत रहा है।

यूँ तो महाकवि दिनकर जी को राष्ट्रकवि कहा गया है पर महीयसी महादेवी वर्मा ने कहा था कि वे विश्वकवि हैं, क्योंकि उनकी कविताओं में मात्र राष्ट्रीयता की वाणी और उसकी स्वायत्तता का गौरवगान और संघर्ष नहीं है वरन् प्रेम का एक व्यापक क्षितिज है जो उन्हें विश्वकवि की श्रेणी में ले आता है। वस्तुतः दिनकर जी एक ही साथ विश्वकवि, महाकवि, राष्ट्रकवि और जनकवि–सभी हैं। उनकी विभिन्न कविताओं में भिन्न-भिन्न तौर पर उनके काव्य-व्यक्तित्व का वैशिष्ट्य प्रकट होता है।

दिनकर जी आज भी पाठकों के सर्वाधिक प्रिय कवि हैं और प्रासंगिक भी। उनकी कविताओं में आग है, राग है और अध्यात्म है। उनकी कविताओं का अवगाहन कर प्रतीत होता है कि वे अपने समकालीन कवियों से अलग तरीके से पाठकों के समक्ष प्रकट होते हैं।

दिनकर जी ने कहा था कि सच्चा कवि हमेशा जीवित रहता है–उसके प्रति राग और द्वेष के कारण उसके सामने उसका सही मूल्यांकन नहीं हो पाता। किसी कवि का सही मूल्यांकन उसके निधन के पचास वर्ष बाद होता है। और हम देख रहे हैं, जैसे-जैसे समय गुजरता जा रहा है, दिनकर जी की कविताओं की लोकप्रियता बढ़ती जा रही है।

पूर्व में दिनकर जी की सभी किताबें लोकभारती प्रकाशन से कुछ नवीन स्वरूप और अलग नाम देकर प्रकाशित हुई थीं। अब सभी पुस्तकें अपने पुराने नाम और प्रारूप में प्रकाशित हो रही हैं। आशा है, इससे दिनकर-प्रेमी हिन्दी साहित्य जगत् संतुष्ट होगा।

—अरविन्द कुमार सिंह

दिनकर भवन
आर्य कुमार रोड
पटना-800004

भूमिका

'विवाह की मुसीबतें' नामक वर्तमान संग्रह में मेरे नौ निबन्ध संकलित हैं। इनमें से तीन निबन्ध पहले भी निकल चुके थे। छह निबन्ध पहले-पहल पुस्तकाकार में प्रकाशित हो रहे हैं।

कविता, धर्म, विज्ञान और राजनीति पर चिन्तन करने में मुझे जो आनन्द आता है, वही आनन्द मुझे काम की समस्या पर भी सोचने में मिलता है। काम का यौन नैतिकता से सम्बन्ध है, काम का गृहस्थी से सम्बन्ध है, काम से प्रेरणा पाकर मनुष्य ऊँचा उठता है और काम के कारण ही बहुत-से लोगों को आत्महत्या करनी पड़ती है, घर छोड़कर वैराग्य लेना पड़ता है। इसलिए काम पर चिन्तन करना केवल चिन्तन का रस लेने के लिए

आवश्यक नहीं है। वह अधिक आवश्यक इसलिए हो गया है कि बदली हुई परिस्थितियों में काम का उचित सम्बन्ध क्या हो, इसका हमें अनुसंधान करना है। काम और नैतिकता पर इस ग्रन्थ में जो चार निबन्ध हैं, आशा है, पाठक उन्हें इसी दृष्टि से पढ़ेंगे।

बाकी कई निबन्ध शिक्षा, धर्म, विज्ञान और राजनीति से सम्बन्धित हैं। आशा है, ये निबन्ध भी जिज्ञासु पाठकों को ज्ञानवर्धक होने के साथ-साथ कुछ रोचक भी लगेंगे।

—दिनकर

नई दिल्ली
रक्षा-बन्धन
अगस्त, 1973

अनुक्रम

प्राक्कथन *5*
भूमिका *7*

विवाह की मुसीबतें 13
प्रेम एक है या दो? 28
पुरानी और नई नैतिकता 40
काम-चिन्तन की कणिकाएँ 58
शिक्षा : तब और अब 71
लोकतंत्र : कुछ विचार 81
धर्म और विज्ञान 94
सगुणोपासना 117
मूल्य-ह्रास के पच्चीस वर्ष 128

विवाह की मुसीबतें

विवाह की मुसीबतें

एक लड़की से प्रेम किर्केगार्ड ने भी किया था, किन्तु उससे विवाह करना उन्होंने यह कहकर टाल दिया था कि 'लड़की से उम्र में मैं बहुत बड़ा हूँ', गर्चे बात ऐसी नहीं थी। फिर शादी उन्होंने कभी की ही नहीं। और जब उस लड़की का ब्याह हुआ, किर्केगार्ड ने अपनी डायरी में ये शब्द लिखे : 'और अब वह–मुरदा नहीं–सुख-सम्पन्नतापूर्वक विवाहिता है।'

क्या यह सच है कि सुख-सम्पन्नतापूर्वक विवाहिता नारी भी जीवित नहीं रहती, वह साँस लेनेवाला शव बन जाती है?

हम लोग अपनी पत्नियों के सिवा उन अनेक विवाहिताओं को जानते हैं, जिनसे हमारी भेंट-मुलाकात होती है अथवा जिनके चढ़ते-उतरते मिजाज की कहानियाँ हमारे कानों में पड़ा करती हैं। इस सारी जानकारी से यह मजे में कहा जा सकता है कि समाज की आधी से अधिक पत्नियाँ दुखी हैं, खीजी हुई, विवश और लाचार हैं। और जिन्हें हम अपेक्षया सुखी और

शान्त समझते हैं, उनमें से कुछ देवियाँ तो वे हैं, जिन्होंने जीवन के जहर को गुमसुम ही पीकर बाहर से अपने होंठ पोंछ लिये हैं; और कुछ वे हैं, जो वेदना को वेदना नहीं समझतीं, शायद इसलिए कि परम्परा ने उन्हें यही सिखाया है, शायद इसलिए कि उनकी अनुभूतियों के वातायन अभी बन्द हैं अथवा दर्द की टीस महसूस करनेवाली शिराएँ अभी जागी नहीं हैं। कुछ ऐसी भी हो सकती हैं, जिनका दाम्पत्य जीवन इसलिए सुशान्त है कि वे दोनों प्राणी समझदार हैं और उदारतापूर्वक उन्होंने एक-दूसरे को उतनी छूट दे रखी है, जितनी छूट से एक ओर जहाँ रथ के भीतर बाहरी वायु की कुछ थोड़ी फुरेरी आती रहती है, वहाँ दूसरी ओर चक्कों की गति में अनुपात का भेद नहीं पड़ता, न रथ के आगे बढ़ने में कोई व्याघात उत्पन्न होता है।

खलील जिब्रान ने विवाह पर दो-एक सूक्तियाँ कही हैं, जो अत्यन्त अर्थपूर्ण हैं : 'एक शराब पियो, मगर एक ही प्याले से मत पियो।'...'दोनों पास-पास रहो, मगर, इतनी दूरी तब भी रहने दो कि तुम दोनों के बीच स्वर्ग की वायु आसानी से आ-जा सके।'

जिब्रान ने बात तो बहुत सोच-समझकर कही होगी, लेकिन परम्परा इन सूक्तियों से बिदकती है। और पति इन सूक्तियों से प्रसन्न इसलिए होते हैं कि ये उनकी अपनी आजादी की दलीलें हैं, उनके पार्टनर की स्वाधीनता का समर्थन नहीं। और पत्नियाँ भी चाहती हैं कि उन सूक्तियों का सहारा हम लें तो लें, हमारे पतियों को नहीं लेना चाहिए।

किन्तु यह चल नहीं सकता, क्योंकि पुरुष और स्त्री प्रकृति की जिस प्रेरणा के अधीन हैं, वह नर-नारी का भेद नहीं मानती। समाज बार-बार प्रकृति को बाँधकर मनचाहे नैतिक मूल्यों की स्थापना करता है, किन्तु प्रकृति हर बार बन्धन को तोड़कर समाज के ऊपर छा जाती है। फिर भी यह सच है कि संस्कृति और नैतिकता का विकास प्रकृति के साथ चलनेवाले इन्हीं संघर्षों से होता है।

किन्तु यह भी क्या सच है कि विवाह से जितनी मुसीबतें पैदा होती हैं, उन सबको एकमात्र कारण काम है? काम-विज्ञान पर खोज करनेवाले पंडितों ने बताया है कि जहाँ पति-पत्नी काम के धरातल पर संतुष्ट हैं, वहाँ कलह होने पर भी बातें विवाह-विच्छेद तक कम पहुँचती हैं; किन्तु प्रमाण

इस बात के भी हैं कि काम के धरातल पर संतुष्ट रहनेवाली पत्नियों के जीवन में भी अशान्ति का अभाव नहीं होता; खीज, परेशानी और घुलन की कमी नहीं होती।

यदि वैवाहिक अशान्ति का कारण काम-लिप्सा अथवा कामजनित कोई अन्य मनोविकार हो, तो समझना चाहिए कि यह अशान्ति वहाँ कम होगी, जहाँ लोग अशिक्षित, अजाग्रत और दरिद्र हैं। जिसके हाथों में कोई ठोस काम है, उसके मन को निरुद्देश्य भटकने की फुरसत नहीं होती; जिसका मन अजाग्रत है, वह भी दुःखों को अतिरंजित करके नहीं देखता, न सुखों में काल्पनिक रंग भरकर बेचैन होता है।

वैवाहिक कठिनाइयों की भीषणता, असल में वहाँ सबसे अधिक है, जहाँ शिक्षा, संस्कृति, चिन्तन और एक हद तक धन का प्राचुर्य है। जिन देवियों को भाग्य ने इस ऊँचे धरातल पर आसीन किया है, वैवाहिक व्यथा का दुःखदायी दंश सबसे अधिक वे ही जानती हैं।

सभ्यता जब सीमित थी, विवाह आज की अपेक्षा कहीं अधिक सुखमय और संतोषपूर्ण थे। सभ्यता ज्यों-ज्यों प्रगति करती गई, पत्नियाँ अपनी कठिनाइयों से अधिकाधिक अवगत होती गई हैं और शिक्षा का आलोक एवं चिन्तन की शक्ति, ज्यों-ज्यों विस्तृत होती है, विवाह की असफलताओं की कहानियाँ उतनी ही बढ़ती जाती हैं।

गांधर्व विवाह स्पष्ट ही प्रेम की प्रेरणा से किए जाते हैं। अन्य प्रकार के विवाहों से भी यह आशा तो की ही जाती है कि पति और पत्नी में परस्पर प्रेम होगा, किन्तु मनुष्यता का अनुभव यह है कि प्रेम और विवाह, इनमें नित्य सम्बन्ध नहीं है। प्रेम स्वतःस्फूर्त भावना है और विवाह एक निश्चय, एक कठोर कर्तव्य। इसीलिए प्रेमी भी पति बन जाने के बाद प्रेमी का-सा बर्ताव नहीं करता, न प्रेमिका पत्नी बन जाने पर प्रेमिका रह जाती है। अमरीका में अब इस प्रश्न पर विपुल साहित्य तैयार किया जाने लगा है कि प्रेम और विवाह की एकता कैसे कायम रखी जाए। उन्नत देशों में कुछ लोगों ने पति-पत्नी को परामर्श देते रहने का धन्धा ही निकाल लिया है। पत्नियों को कामानन्द की प्राप्ति कैसे कराई जाए, डॉक्टर अब पतियों को इसके भी तरीके सिखाने लगे हैं।

यह सभ्यता स्थूल को अधिक, सूक्ष्म को कुछ कम महत्त्व देती है। इसकी शल्य-चिकित्सा का विकास खूब हो गया, किन्तु काय-चिकित्सा की तरक्की कम हुई है, क्योंकि उसका सम्बन्ध सूक्ष्म से पड़ता है। विवाह के मामले में भी विशेषज्ञ स्थूल की सँभाल में लग गए हैं। वस्तुतः समस्या इतनी स्थूल, इतनी सुस्पष्ट नहीं है। विवाह की उलझनें केवल काम-कला के विकास से नहीं, समाज में आमूल परिवर्तन लाने से सुलझेंगी; या सम्भव है, विवाह की गुत्थियाँ कभी सुलझे ही नहीं।

समाज-रचना का दोष यह है कि उसमें निर्माण के सारे काम पुरुषों के हाथ में हैं। नारियों को हमने बर्तन धोने, झाड़ू लगाने, रसोई बनाने और घर को सँवारकर रखने के काम पर छोड़ दिया है। वैसे, एक काम बड़ा और दूसरा बहुत छोटा नहीं होता, फिर भी काम-काम में भेद है। पुरुष के कार्य प्रायः ऐसे होते हैं, जिनमें विविधता होती है, जो कर्मी के पूरे ध्यान को अपने में खींच सकते हैं और जिनके सम्पादन में रचना का भी कुछ आनन्द होता है। यही कारण है कि कर्मक्षेत्र में खड़े पुरुष का मन इधर-उधर नहीं भटकता, न वह एकरसता की मार सहता है। किन्तु इसके विपरीत नारियाँ जो काम करती हैं, उनमें रचना का आनन्द नहीं होता, न वे नारियों के मन को खींचकर अपने में लीन कर सकते हैं। बरतन धोना, रसोई पकाना, बच्चों को स्कूल भेजना और घर की सफाई करना—ये सारे-के-सारे काम ऐसे हैं, जिनमें नवीनता नहीं होती, जिनका सम्बन्ध विश्व के गतिशील जीवन से नहीं पड़ता, जो भविष्य से असम्बद्ध होते हैं। पुरुष का अन्तर्मन, कहीं-न-कहीं इस भाव से संतोष पाता है कि वह संसार को पहले से अधिक श्रेष्ठ बनाने में लगा हुआ है। वह जो काम कर रहा है, उसका विश्व-जीवन से महत्त्वपूर्ण सम्बन्ध है। किन्तु घर में बैठकर नारियाँ जो काम करती हैं, वे जरूरी होने पर भी नगण्य होते हैं, और उनके महत्त्व की समाज में चर्चा ही नहीं होती।

विश्व को श्रेष्ठतर बनानेवाले कार्यों से वंचित होने के कारण नारी अपने को अधम और पुरुष को श्रेष्ठ समझती है। रोज-रोज एक ही काम में लगे रहने के कारण उसकी प्रेरणा समाप्त हो जाती है और धीरे-धीरे, उसके भीतर कुंठाएँ उत्पन्न होने लगती हैं। किन्तु मानसिक दृष्टि से इससे

भी बुरा हाल उन नारियों का होता है जो बर्तन भी नहीं धोतीं, न घर की सफाई और रसोईघर का काम करती हैं। ऐसी पत्नियों की सबसे बड़ी विपत्ति यह है कि जब उनके पति दफ्तर और बच्चे स्कूल चले जाते हैं, तब समय उन्हें काटने को दौड़ता है। कहते हैं, उन्नत देशों में अब ये विज्ञापन भी निकलने लगे हैं कि समय काटने के लिए हमें साथी की आवश्यकता है : दो घंटों का साथी, एक घंटे का साथी, आधे दिन का साथी।

और घर पर पास-पास बैठकर भी दम्पती क्या प्यार की बातें करते हैं? पहले जो दीप्ति एक को दूसरे में दिखाई पड़ती है, विवाह के बाद धीरे-धीरे उसका लोप हो जाता है और रस इतना अधिक सूख जाता है कि दम्पती यह भी नहीं जानते कि वे बातें करें भी तो किस सन्दर्भ की। कोई-कोई पति तब भी ढूँढ़-ढाँढ़कर कुछ-न-कुछ जरूर बोलते हैं, किन्तु उन बातों की नीरसता और अस्वाभाविकता पत्नी से छिपी नहीं रहती।

ऐसा क्यों होता है? बात असल में यह है कि प्रेम के तूफान में पड़कर पुरुष कुछ दिनों के लिए चाहे जितनी भी भावुकता दिखा ले, किन्तु भावुकता का स्थान उसके जीवन में अपेक्षाकृत कम है। उसके चारों ओर कर्म का आह्वान गूँजता है और इस आह्वान को अनसुना करके कोई भी पुरुष सुखी नहीं हो सकता। बड़े-बड़े प्रेमियों का कहना है कि प्रेम से बढ़कर आनन्द और किसी वस्तु में नहीं है। किन्तु इस आनन्द का मूल्य अपरिमित समय नष्ट करके चुकाना पड़ता है, जो पुरुष की दृष्टि में बहुत बड़ा बलिदान है। पुरुष के लिए समय का अर्थ है : कीर्ति, सम्पत्ति, आनन्द, वैभव और बीसियों प्रकार की अन्य सफलताएँ, किन्तु नारी का समय काटे नहीं कटता। वह प्रसन्नता तब मानती है, जब समय काटने का कोई जरिया उसके हाथ आ जाए।

पुरुष नहीं चाहता कि कामानन्द के लिए भी जरूरत से अधिक समय नष्ट किया जाए। किन्तु नारी पुरुष के इस कालकार्पण्य को उसके स्वभाव की अनुदारता समझती है। प्रेम से उद्वेलित नारी उस नदी के समान होती है, जिसकी धारा उमड़कर किनारों से ऊपर बहना चाहती हो। किन्तु पुरुष उस बाढ़ को पसन्द नहीं करता। उसे लगता है कि इस बाढ़ को कबूल करने की अपेक्षा यह कहीं श्रेष्ठ है कि नदी के किनारे से ही भाग चला

जाए। प्रेमाकुल पत्नियाँ पतियों का अत्यधिक समय तो चाहती ही हैं, वे इस बात को भी आसानी से बर्दाश्त नहीं करतीं कि वे तो जगी रहें और पति को नींद आ जाए। प्रेम का स्वाद पुरुष को भी उतना ही सुख देता है, जितना नारी को। भेद केवल यह है कि प्रेम को जगाकर पुरुष उसके तूफानों का सामना नहीं कर सकता, क्योंकि उसके जीवन में और भी काम हैं, जिनके रुकने से गार्हस्थ्य का शकट अवरुद्ध होता है, विश्व की कर्मधारा मंद पड़ जाती है। इसीलिए नारी पुरुष के जीवन के अनेक उपकरणों में से मात्र एक उपकरण का स्थान लेती है, उसकी अनन्त प्रेरणाओं में से केवल एक प्रेरणा का प्रतिरूप होती है। किन्तु पुरुष नारी-जीवन का सबसे प्रमुख केन्द्र कदाचित् उसका एकमात्र आधार है।

नारी का लालन-पालन माता-पिता इस भाव से करते हैं, मानो अपना बोझ उसे आप नहीं उठाना है; मानो उसकी सारी सार्थकता लता बनकर वृक्ष को छा लेने में है। किन्तु विवाह के बाद जब वृक्ष ऊँघने लगता है, तब लता को विफलता-बोध की पीड़ा महसूस होती है और उसका मन खिन्न होने लगता है।

बड़ी-से-बड़ी नारी भी बुद्धि से कम, भावना से अधिक परिचालित होती है। वह सोचती है कम, सपने अधिक देखना चाहती है। और सपने उससे कहते हैं : 'नारी, तेरी सारी सार्थकता पुरुष को लेकर है। तेरी सारी जिन्दगी इन्तजारी में कटेगी और हर बात के लिए तुझे पुरुष का मुँह जोहना पड़ेगा। और मुँह जोहना केवल रोटी और कपड़े के लिए ही नहीं है, बल्कि यह जानने के लिए भी कि तू सुन्दर है या नहीं, कि तेरा बनाव-सिंगार पसन्द किया जाता है या नहीं, कि तेरे प्रेम का अर्घ्य व्यर्थ है अथवा उसे कोई स्वीकार भी करता है।'

नारी सचमुच ही प्रतीक्षा की साकार प्रतिमा होती है।

कर्मसंकुल संसार में पुरुष दिन-भर बाहर काम करता है, नारी घर में बैठकर उसकी राह देखती है।

प्रेम के संसार में जिस साहस और बलिदान का परिचय प्रेमिका देती है, वह साहस और बलिदान पुरुष बहुत कम दिखा पाता है। फिर भी मिलना कब होगा, इसका निर्णय प्रेमिका नहीं, प्रेमी की सुविधा से होता है।

पुरुष तब आएगा, जब कामों से उसे तनिक छुट्टी मिलेगी। प्रतीक्षा यहाँ भी नारी का पीछा नहीं छोड़ती। और प्रतीक्षा में रत होने के कारण स्वप्न कुछ और अधिक चंचल हो जाते हैं, भावुकता चिन्तन पर कुछ और अधिक छा जाती है।

और सबसे बड़ी लाचारी तो यह है कि काम-कक्ष में भी इच्छा पुरुष की ही प्रधान होती है। नारी केवल उसकी राह देख सकती है और नर की इच्छा यदि आन्दोलित रह गई, तो नारी उस सुख को भी प्राप्त नहीं कर सकती, जिसका प्रतीक होने के कारण वह कामिनी कहलाती है।

इन सारी परिस्थितियों का स्वाभाविक परिणाम यह होता है कि नारी के भीतर एक प्रकार का आक्रोश उत्पन्न हो जाता है। वह अपनी हार को जीत में बदलने का उपाय सोचने लगती है और प्रत्येक क्षण ऐसे अवसरों की खोज में रहने लगती है, जब वह पुरुष से प्रतिशोध ले सके, उसे नीचा दिखाकर अपने अस्तित्व की महिमा बता सके। पुरुष समझता है कि शाम को वह थका-माँदा बाहर से घर लौटता है, किन्तु दिनभर की प्रतीक्षा से थकी एवं नाना दिवास्वप्नों से पीड़ित पत्नी उसे सुख देने के बदले अनख और तानों से बेधने लगती है। नारी समझती है कि पुरुष उसके पूरे वश में तब होता है, जब वह भोजन कर रहा हो अथवा रात में वह प्रेम की मनोदशा में हो। और इन्हीं अवसरों का लाभ उठाकर पत्नी अप्रिय कथाएँ सुनाने लगती है। पुरुष को यह महसूस कराने लगती है कि उसके मित्र झूठे हैं, उसकी मान्यताएँ गलत हैं और जिन मूल्यों में वह विश्वास करता है, वे फिजूल हैं। और इन कटूक्तियों को भी पुरुष यदि सह गया, तो पत्नी उससे अकारण मुँह फुला लेती है। मुँह फुलाकर पत्नी चाहती है कि पति उसकी खुशामद करे, लेकिन अगर पति की सहनशक्ति समाप्त हो गई और पत्नी की उसने उपेक्षा कर दी, तब पत्नी कराल नागिनी बन जाती है और वह पति पर ऐसे लांछन लगाने लगती है, जो निराधार हैं और पति जिनका जवाब नहीं दे सकता।

कम ही पत्नियाँ ऐसी होंगी, जो विवाह की आरम्भिक वर्षों के बाद पति के प्रति कुछ परुष न हो जाती हों। अकारण रूठना, अकारण रो पड़ना, अकारण गुस्से से ठुमककर इधर-से-उधर चल पड़ना, पति को

मानसिक पीड़ा देने के लिए बच्चों को पीटना अथवा नौकरों पर बरस पड़ना और बात-बात में यह दिखाने की कोशिश करना कि खान-पान, वसन-प्रसाधन और जीवन के विभिन्न आनन्दों में मेरी कोई दिलचस्पी नहीं है–ये ऐसे कर्म हैं, जिनके सम्पादन में अनेक पत्नियों को रस आता है। पति को नीचा दिखाने के कितने ही उपाय और भी हैं, जिन्हें सीखना नहीं पड़ता, जो पत्नी-धर्म के स्वाभाविक अंगों के समान आप-से-आप उत्पन्न होते हैं। पति जब सिनेमा चलने को तैयार हो, तब पत्नी काफी विलम्ब किए बिना घर से बाहर नहीं निकलती। पति अपने कक्ष में बैठा पत्नी का इन्तजार कर रहा हो, तब पत्नी को अधिक-से-अधिक विलम्ब करने में अधिक-से-अधिक आनन्द आता है। और पति जब इस स्थिति में गिरफ्तार हो कि पत्नी की राय लिये बिना वह अगला कदम नहीं उठा सकता, तब पत्नी अक्सर राय देने से मुकर जाती है। यह इसलिए नहीं कि देवी के मन में कहने योग्य कोई बात नहीं है, बल्कि इसलिए कि जैसे पुरुष बात-बात में नारी को इन्तजारी में रखता है, वैसे ही अब पत्नी भी उसे इन्तजारी का मजा चखाना चाहती है। पत्नी जब भी विलम्ब से आती है, तब यह संयोग की बात नहीं होती, बल्कि जान-बूझकर किया गया प्रतिशोध का कार्य होता है।

और इन छोटे-मोटे अत्याचारों से पुरुष यदि विचलित नहीं हुआ, तो पत्नी नपुंसक विद्रोह को आँसुओं में व्यक्त करती है, रो-चीखकर पुरुष का धैर्य नष्ट करना चाहती है और बीसियों ऐसे अन्य काम कर डालती है, जिनसे पति का मन खिन्न, पीड़ित अथवा क्षुब्ध हो उठे। काम-वैज्ञानिकों का यह भी कहना है कि बहुत-सी पत्नियाँ विवाहबाह्य गुप्त सम्बन्धों की ओर इसलिए नहीं झुकतीं कि घर में वे असंतुष्ट रही हैं अथवा वैविध्य का लोभ उन्हें नीचे खींचता है, बल्कि इसलिए कि वे अपने पतियों से प्रतिशोध लेना चाहती हैं, चोरी-चोरी उनकी इच्छा की अवहेलना करके वे अपने अहंकार को दुलराना चाहती हैं। इस प्रकार की कुंठाओं की स्वाभाविक परिणति आत्मघात में हो सकती है। किन्तु सफल आत्मघात करनेवालों में पुरुषों की संख्या अधिक, नारियों की हमेशा कुछ कम रही है। आत्मघात से मिलनेवाली वस्तु नारियों को आत्मघात के अभिनय से ही प्राप्त हो जाती

है। मरने का नाटक वे अनेक प्रकार से करती हैं, लेकिन हर बार उनका मनोभाव यही रहता है कि जीवन का संग कहीं छूट न जाए। जिस पुरुष के विरुद्ध वे मरने का स्वाँग रचती हैं, असल में उनका ध्येय उसे मुट्ठी में समेटकर जीना होता हैं। चाहे पत्नी हो या प्रेमिका, प्रायः हर औरत की ख्वाहिश यही होती है कि पति या प्रेमी की आँचल की खूँट में बाँधकर वह उसे अपनी पीठ पर फेंक दे, जैसे वह चाबियों के गुच्छे को पीठ पर फेंक देती है।

पुरुषों की अपेक्षा नारियाँ कुछ अधिक वायवीय भी होती हैं और उसी परिणाम में, कुछ अधिक स्वार्थी और मिट्टी के कुछ अधिक समीप भी। छोटी-छोटी ऐसी कितनी ही बातें जीवन में घटती रहती हैं, पुरुष जिनकी ओर कभी ध्यान नहीं देता, किन्तु नारियाँ इन्हीं बातों को लेकर काफी आन्दोलित हो उठती हैं। वैसे त्याग के मामले में भी नारी नर से श्रेष्ठ है; किन्तु कितनी ही अत्यन्त नगण्य वस्तुओं का त्याग करना उससे पार नहीं लगता। पुरुष और नारी की स्वभावगत एक भिन्नता यह भी है कि पुरुष जिस व्यक्ति से घृणा करेगा, उससे वह दूर भागना चाहेगा; किन्तु नारी जिस व्यक्ति से घृणा करती है, उसे वह पास रखकर और अधिक सताना चाहती है। विवाह-विच्छेद का अधिकार अब भारत में भी कानून से उपलब्ध है। जब इस अधिकार का प्रयोग होने लगेगा, लोग देखेंगे कि अनेक पति विवाह तोड़कर भागना चाहेंगे, मगर पत्नियाँ उन्हें भागने नहीं देंगी, क्योंकि भारत में तलाक की कुंजी नारी के हाथ में है और नारी अपने शिकार को पिंजड़े से निकालना नहीं चाहती। जवाहरलाल जी की नारी-भक्ति ने भारत में पुरुषों का सर्वनाश कर दिया है।

और तब भी यह सच है कि ये बुराइयाँ नारी-स्वभाव का कोई मौलिक अंग नहीं हैं। वे विशेष प्रकार की ग्रन्थि अथवा 'हारमोन' से नहीं, समाज की उस पद्धति से उत्पन्न होती हैं, जो हजारों साल से एक समान चलती आ रही है। वे लालन-पालन की उस प्रक्रिया का परिणाम हैं, जिसका उद्देश्य बेटी को मानत्व नहीं, नारीत्व से पूर्ण बनाना है। और जिसे हम नारीत्व कहते हैं, वह ब्रह्मा की रचना नहीं, सभ्यता का आविष्कार है। जिस मनुष्य को आरम्भ से ही इस भाव से तैयार किया गया हो कि अपना

बोझ उसे आप नहीं उठाना है, संकटों के व्यूह में घुसकर अपनी राह उसे आप नहीं निकालनी है और जीवन में प्रयोग उसे बुद्धि और कर्मठता का नहीं, रूप, आकर्षण, आँसू और विलाप का करना है, उससे बुद्धि और विवेक की आशा ही दुराशा मात्र है।

नारी के आन्तरिक व्यक्तित्व की नींव नपुंसक विद्रोह पर होती है। इसीलिए जब मनोवांछित परिणाम उसे प्राप्त नहीं होते, वह रोने लगती है, अपने शरीर और मन को पीड़ा पहुँचाने लगती है और अपने-आपको नष्ट करने के प्रयास से पति के जीवन को नरक बना देती है। बहुत-सी औरतें पति को चिढ़ाने के लिए एक गंदी साड़ी बड़ी सतर्कता से सँभालकर रखती हैं। जब पति को चिढ़ाना हुआ, वे तुरन्त स्वच्छ साड़ी को बदलकर गंदी साड़ी पहन लेती हैं। पति की अवज्ञा का एक उपाय यह भी है कि पति अगर कोई वस्तु लाकर दे, तो पत्नी उसे अनादरपूर्वक अस्वीकार कर दे। संसार के संघर्षों में भाग लेने का नारी को अवसर नहीं मिलता, अतएव क्षुब्ध होने पर वह जीवन के प्रति पराजय की भावना को स्वीकार कर लेती है। आँसू पत्नियों के सबसे बड़े अस्त्र हैं और शहादत का अभिनय उनका सबसे बड़ा संतोष। और सिसकियाँ सुनकर पति को जब क्रोध आता हो, तब पत्नियों को रोने का मानो एक प्रबल कारण और मिल जाता है।

पुरुष के सम्बन्ध में नारी के मनोभाव बहुत सुस्पष्ट नहीं होते। बचपन से ही वह देखती है कि लड़कों को जितनी स्वाधीनता दी जाती है, उतनी स्वाधीनता उसे नहीं दी जाती। खेलकूद और शारीरिक विकास के जो क्षेत्र लड़कों को उपलब्ध हैं, उन क्षेत्रों में लड़कियों का प्रवेश निषिद्ध समझा जाता है। शारीरिक विकास के स्त्री-चिह्न भी उसे लज्जित करते हैं और ऋतुधर्म का परिणाम यह होता है कि अपने को पुरुष से वह हीन समझने लगती है। समाज का अभी जो ढाँचा है, उसमें पिता के व्यक्तित्व का प्रभाव बहुत प्रमुख है। पिता के सादृश्य से लड़की पुरुष मात्र में त्राता और संरक्षक की झलक देखती है। फिर प्रेम के प्रसंग में आकर वह अपने प्रेमी को देवता समझने लगती है। किन्तु, शीघ्र ही उसे यह विदित हो जाता है कि यह देवता, देवता नहीं, कोई जघन्य जीव है, जिसके अनेक कृत्य लज्जा और ग्लानि उत्पन्न करते हैं। नारी नर को अपने से श्रेष्ठ समझती

है और वह उससे अन्तर्मन में कहीं कुछ द्वेष भी पाला करती है। नर पर नारी की श्रद्धा का कारण यह है कि सारा संसार पुरुष के शासन में चलता है और दुनिया में जो भी बड़ी घटनाएँ घटित होती हैं, उनका विधायक पुरुष होता है। और उसके द्वेष का कारण यह है कि वह पुरुष की समता नहीं कर सकती। नारी नर की समानता अनेक क्षेत्रों में कर सकती है, किन्तु शैया में पहुँचकर वह क्या करे? गर्भधारण की तपश्चर्या से वह त्राण कैसे खोजे? फ्रायड ने जो सत्य कह दिया, उसका खंडन कैसे किया जाए? एनाटोमी इज डेस्टिनी, इसे नारी झूठला कैसे सकती है?

एक खास उम्र तक लड़की और लड़के को समान स्वतंत्रता प्राप्त रहती है। किन्तु उसके बाद माँ-बाप और सारा समाज लड़की के मन पर यह भाव बिठाने लगता है कि तू मनुष्य नहीं, नारी है। लड़के के लिए तो सभी रास्ते खुले होते हैं, जिन पर चलकर वह पुरुष और मनुष्य साथ-साथ बनता है, किन्तु लड़की के सामने केवल नारीत्व-साधना का मार्ग रह जाता है और उस राह पर चलकर वह अन्ततः मनुष्य कम, मादा अधिक बन जाती है। विवाह की बड़ाई लोग यह कहकर करते हैं कि वह दो सम-मानवों के मिलन का नाम है। किन्तु अनुभव यह बतलाता है कि विवाह दो मनुष्यों का मिलन नहीं, एक नर और एक मादा का मेल है। विवाह के घेरे का जो महत्त्व मादा समझती है, वही महत्त्व नर नहीं समझ पाता।

पुरुष विवाह अब इसलिए करता है कि अस्थिरता से भरे हुए संसार में उसे स्थिरता का कहीं कोई आधार चाहिए, किन्तु खुद इस आधार से वह बँधना नहीं चाहता। चूल्हे-चौके और शयन-कक्ष का निश्चित प्रबन्ध उसे आश्वस्त बनाता है, किन्तु इस प्रबन्ध से वह मनचाही छूट भी चाहता है। एक जगह बस जाने पर भी भ्रमण की प्रवृत्ति उसे भीतर से आन्दोलित रखती है। घर का महत्त्व मर्द भी खूब समझता है, किन्तु घर उसकी आखिरी मंजिल नहीं है। पुरुष में नवीनता की प्यास होती है, खतरों और विरोधों से टकराने की इच्छा होती है और इन तृषाओं के शमन के उपाय घर में उपलब्ध नहीं होते। एकान्त उसके मन में ऊब उपजाता है और एक ही प्रकार का बँधा जीवन उसे 'बोर' कर देता है। किन्तु नारी ऐसे संसार

में रहना चाहती है, जो अविचल हो और सातत्य से पूर्ण हो। यह संसार छोटे पैमाने पर उसे अपने ही घर में बसाना पड़ता है। किन्तु मर्द और बच्चे जब इस दुनिया के अनुशासन को नहीं मानते, तब नारी के भीतर कुंठा उत्पन्न होती है, कठोरता और दुर्व्यवहार की प्रवृत्ति बढ़ने लगती है।

विभिन्न कामों में निरत रहने के कारण, अनेक महत्त्वपूर्ण योजनाओं में खोए रहने के कारण, ठोस बातों और ठोस चीजों का अभ्यासी होने के कारण पुरुष यह समझ ही नहीं पाता कि पत्नी के आँसू, उसकी कुढ़न और बदमिजाजी का इलाज क्या है। और चूँकि मर्द इन बातों को ठीक से समझ नहीं पाता, इसलिए औरत और रोती है, और कुढ़ती है, और अधिक विषैली और बदमिजाज हो जाती है। और यह लीला दो-चार या दस-बीस वर्षों में समाप्त नहीं होती, यह सारे जीवनपर्यंत चलती रहती है। विवाह सुनने में बड़ा ही प्यारा नाम है, मगर उसकी तल्खियाँ जब उभरकर ऊपर आती हैं, विवाह से अधिक कुत्सित कोई और कर्म नहीं दीखता। फिर भी पुरुष का स्थान कुछ अधिक सुरक्षित है। विवाह उसके व्यक्तित्व को केवल हानि पहुँचाता है, किन्तु उससे नारी का तो सारा जीवन ही उलझकर व्यथाओं का जाल बन जाता है। पत्नी चीखती है, 'हाय, तुम्हारी वेदी पर मैंने सारा सर्वस्व चढ़ा दिया और तुम इस बलिदान को समझ भी नहीं पाए!' और पुरुष मन-ही-मन पछताता है, इस नारी ने तो मुझे चारों ओर से लूट लिया। और इसी चीख-पुकार के साथ दम्पती जीवन-समुद्र में ऊबते-डूबते रहते हैं।

सोचने की बात है कि ये तल्खियाँ आती कहाँ से हैं? नर और नारी में से कौन है, जो उनके लिए अधिक जिम्मेदार है? यह प्रश्न शायद बहुत उपयोगी नहीं है। यहाँ एक को दोषी बताना तो आसान है, दूसरे को क्षमा करना उतना आसान नहीं। आमने-सामने खड़े ये दुश्मन विचित्र प्रकार से लड़ाई लड़ते हैं। वे परस्पर निर्मम प्रहार ही नहीं करते, एक-दूसरे को सुख भी पहुँचाते हैं। और सुखों के आदान-प्रदान के भीतर भी प्रतिशोध और शत्रुता का क्रम अवरुद्ध नहीं होता। पति से प्रतिशोध लेने का तरीका यह भी है कि पत्नी पति की शैया पर जाकर जड़ता का नाट्य करने लगे।

विवाह का सतही इलाज कोई नहीं है। वैवाहिक कटुताओं का मूल इस बात में है कि नर उपजीव्य और नारी परोपजीवी है। पत्नी के बिना पति का काम चल जाता है, किन्तु पति के बिना पत्नी निस्सहाय हो जाती है। नारी की आवश्यकता पुरुष इसलिए अनुभव करता है कि वह गृहस्थी, वंशवृद्धि और आमोद चाहता है। किन्तु नारी नर की कामना इसलिए करती है कि उसके बिना नारी की मानवीय प्रतिष्ठा सिद्ध नहीं होती, समाज में उसे स्थायित्व और गौरव प्राप्त नहीं होता। नर के लिए नारी आनन्द है, सुषमा है, शोभा और शृंगार है। किन्तु नारी के लिए नर इससे कहीं अधिक ठोस वास्तविकता का प्रतीक है। वह उससे भोजन, वस्त्र और आवास पाती है; जीवन के विविध आनन्द, संतति और सम्मान प्राप्त करती है। और ये सारी वस्तुएँ उसे इसलिए मिलती हैं कि उसका कामिनी-रूप नर को पसन्द है।

नारी का यह कामिनी-रूप साथ-साथ शाप भी है और वरदान भी। वरदान वह इसलिए है कि नारी का यही रूप पुरुष को नारी के चरणों पर झुकाता है। और शाप वह इस कारण है कि जब तक नारी अपने कामिनी-रूप को आगे करके रोटी और सम्मान पाती है, तब तक उसे वह आत्मगौरव नहीं मिलेगा, जिसकी वह भूखी है; तब तक उसे वह स्वाधीनता भी नहीं मिलेगी, जिसके लिए नारियाँ बड़े-बड़े आन्दोलन चला रही हैं। किन्तु नारी-स्वाधीनता के आन्दोलन से नारियों को प्राप्त क्या हुआ? पत्नियाँ जब मर्दानी औरतें बनकर स्वाधीनता की ओर बढ़ीं, उनके पति उनके सामने से भाग गए। वे या तो समलैंगिक बन गए या उन औरतों के पास जाने लगे जिनके साथ उनकी मर्दानगी कायम रहती थी। अब स्वाधीन नारियाँ घबराकर सोचने लगी हैं कि उनकी तथाकथित पराधीनता में ही कोई स्वाद था, जिसे स्वतंत्र होकर उन्होंने गँवा दिया है।

स्वाधीनता का वास्तविक अर्थ आर्थिक स्वाधीनता ही होती है। जब तक कामिनी-रूप को तटस्थ रखकर नारियाँ अपनी जीविका कमाने के योग्य नहीं हो जातीं, वे पराधीन ही रहेंगी और स्वतंत्र होकर वे उस अद्भुत स्वाद को अवश्य खो देंगी, जो उन्हें पराधीनता में सुलभ है।

किन्तु रोजी कमाने के क्रम में नारियाँ क्या अपने कामिनी-रूप को तटस्थ रख सकती है? सम्भव है, आगे चलकर यह गुण भी उनमें विकसित

हो जाए। किन्तु अब तक जो कुछ देखने में आया है, उससे आशा को बल नहीं मिलता। दफ्तरों में काम करनेवाली देवियाँ अक्सर तरक्की पाने या अपने अधिकार बढ़ाने की लालसा में यथेष्ट बौद्धिक क्षमता के होते हुए भी शारीरिक आकर्षण का प्रयोग करने से नहीं चूकतीं। और कला की जो पुजारिनें मंच पर आती हैं, उन्हें भी कला से उपलब्ध कीर्ति से संतोष नहीं होता। वे किसी अन्य सिद्धि के लोभ में अपना विज्ञापन करने लगती हैं।

प्रेम की छोटी-बड़ी, किसी प्रकार की भी लीला के लिए केवल नारी को दोषी मानना बिलकुल हास्यास्पद बात है। किन्तु नारी के सामने सवाल उसकी आजादी का है और यह आजादी अभी उसे पुरुष के विरुद्ध ही हासिल करनी है। किन्तु जिसके विरुद्ध यह संग्राम है, नारी उसी पर आसक्त हो जाती है, क्योंकि प्रकृति की यही इच्छा है, नियति का यही विधान है। जीवन-शकट को आगे ले चलने का कार्य नर और नारी—दोनों को करना है। किन्तु प्रकृति ने उनकी रचना केवल संघर्ष के लिए ही नहीं, एक-दूसरे को प्यार करने के लिए भी की है। रक्त और मांस की पुकार नारी में नर से अधिक तीव्र नहीं होती, किन्तु कर्मठता के कोलाहल से दूर रहने के कारण नारी इस प्रकार की मद्धिम-से-मद्धिम आवाज को भी अनायास सुन लेती है। समाज ने उसका विकास मानव-रूप में कम, जीव के रूप में अधिक किया है। अतएव जैव प्रेरणाओं की अवज्ञा वह आसानी से नहीं कर सकती।

तब भी यह उचित है कि नारियों की आर्थिक स्वतंत्रता, जैसे भी हो, सम्भव बनाई जाए। अभी जो स्थिति है, वह काफी भयानक और कष्टपूर्ण है। कहने को हर पति अपनी पत्नी को रानी कहता है; किन्तु आर्थिक पराधीनता के कारण पत्नी मन-ही-मन खूब समझती है कि रानी उसका ऊपरी नाम है। असल में वह पुरुष की रानी नहीं, सेविका है, इच्छाओं की दासी और काम की गुलाम है। कहने को तो यह भी कहा जाता है कि पति और पत्नी के बीच सम्बन्ध वही होना चाहिए, जो आत्मा और शरीर के बीच है; किन्तु सच्चाई यह है कि आत्मा जब अलग होती है, तब लाश दो नहीं, एक ही रह जाती है। नारी को पराधीन बनाकर पुरुष ने अपने लिए

संकट खड़ा कर लिया है। नारी को स्वतंत्रता देकर वह खुद स्वाधीन हो जाएगा। और नारी की स्वतंत्रता तब तक आ ही नहीं सकती, जब तक वह परोपजीवी है, वृक्ष के कन्धों पर लटकती हुई वल्लरी है, जो वृक्ष का रस चूसे बिना जीवित नहीं रह सकती। यह सत्य है कि नारी की परोपजीविता उन्मूलित हुई, तो हजारों साल से आते हुए नैतिक मूल्य आप-से-आप उन्मूलित हो जाएँगे। किन्तु मुझे तो यह भी दिखाई देता है कि वर्तमान पद्धति के कायम रहने से एक दिन वह भी आनेवाला है, जब विवाह में वे ही लोग फँसेंगे, जो आजीवन तपस्या करने अथवा पंचधुनी तापने को तैयार हों।

प्रेम एक है या दो?

प्लेटो के 'सिम्पोजियम' को पढ़ने से ऐसा लगता है कि प्रेम एक नहीं, दो हैं। हीन कोटि का प्रेम वह है, जो नर और नारी के बीच होता है। प्लेटो के अनुसार, इस प्रेम का एकमात्र लक्ष्य संतानोत्पत्ति है। किन्तु इससे अधिक श्रेष्ठ प्रेम वह है, जो नर को नर से होता है। रचना, सर्जन अथवा उत्पादन तो इस प्रेम का भी ध्येय है, किन्तु जब दो पुरुष आपस में प्रेम करते हैं, तब उस प्रेम से बच्चे नहीं जनमते, बल्कि कला, ज्ञान और दर्शन उत्पन्न होते हैं।

प्लेटो का विचार है कि मनुष्य में अपने-आपको अमर बनाने की इच्छा अत्यन्त बलवती है। प्रेम इसी इच्छा का क्रियाशील रूप है। किन्तु अमरता तो अलभ्य आदर्श है, इसलिए प्रेम से प्रेरित मनुष्य संतान उत्पन्न करता है और संतानोत्पादन का कार्य अपने को भविष्य तक खींच ले जाने का ही प्रयास है।

किन्तु यह प्रेम का शारीरिक धरातल है और इस धरातल पर वे ही लोग कार्य करते हैं, जिनकी सारी प्रेरणा शारीरिक है। इसके विपरीत, जो लोग शरीर से ऊपर उठना चाहते हैं, वे अपने को अमर बनाने के लिए दीर्घायु सुयश की खोज करते हैं अथवा कला और ज्ञान की साधना करते-करते उस महासौन्दर्य की ओर बढ़ते हैं, जिसका सामीप्य छोड़कर मनुष्य मर्त्यलोक में आता है। जन्म के पूर्व मनुष्य जहाँ रहता है, वह महासौन्दर्य का लोक है। आत्मा धरती पर उसी सौन्दर्य की खोज में है। उस सौन्दर्य की झाँकी नारियों में भी मिलती है और नरों में भी। इसीलिए मनुष्य इन दोनों सुन्दरताओं से आकृष्ट होता है। किन्तु नर के सौन्दर्य की ओर बढ़ना अधिक श्रेयस्कर है, क्योंकि वह निरापद है। प्लेटो का 'सिम्पोजियम' नारियों पर विश्वास नहीं करता। 'रिपब्लिक' में प्लेटो ने नर और नारी को परस्पर समान माना है, किन्तु प्रेम के विषय में उनका विचार यह दिखता है कि प्रेम में जो आध्यात्मिक प्रेरणा है, उसकी सिद्धि नारी-प्रेम से नहीं हो सकती, क्योंकि नारियों की रचनात्मक शक्ति शरीर के धरातल से ऊपर नहीं जाती है।

'सिम्पोजियम' में कुछ व्याख्यान ऐसे भी हैं, जिनसे काम के अप्राकृतिक रूप का समर्थन होता है, किन्तु प्लेटो का अपना विचार यह है कि प्रत्येक प्रकार के सम्बन्ध में वासना निंद्य है। श्रेष्ठ प्रेम दो स्वरूपवान और मेधावी नरों के बीच उत्पन्न होनेवाला वह मधुर सम्बन्ध है, जिससे दोनों को आध्यात्मिक प्रेरणा प्राप्त होती है और दोनों कला, ज्ञान एवं आध्यात्मिक साधना के क्षेत्र में उत्तरोत्तर ऊपर उठते जाते हैं। सुकरात को प्लेटो ने ऐसे प्रेम की साकार प्रतिमा माना है।

किन्तु आज हमारे सोचने की पद्धति कुछ और हो गई है। प्लेटो के श्रेष्ठ प्रेम का आधार आज की दुनिया में अप्राकृतिक अपराध माना जाएगा, और यदि यह कहें कि सुकरात आदि का युवकों से जो प्रेम था, उसमें वासना नहीं थी, तो भी यह विचारने की बात हो जाती है कि वैसे सम्बन्ध को प्रेम और मैत्री में से किस कोटि में रखा जाए? और आज के चिन्तक प्लेटो की इस धारणा से भी असहमत होंगे कि नारी की प्रेरणा केवल शरीर के धरातल तक सीमित होती है तथा वह कला, ज्ञान और अध्यात्म तक नहीं जा सकती।

जहाँ तक संतानोत्पत्ति अथवा प्रजा-वृद्धि का प्रश्न है, इस विषय में भारतीय परम्परा की भी वही मान्यता है, जो प्लेटो की रही होगी। किन्तु अब तो इस मान्यता के भी पाँव उखड़ रहे हैं, क्योंकि ट्यूब-क्रिया से संतान प्रेमानुभूति के बिना भी उत्पन्न की जा सकती है और जो नर-नारी संतान नहीं चाहते, प्रेम का दोल उनके हृदयों में भी चलता है। गर्भ-निरोधक यंत्र प्रेम में बाँधा नहीं डालते हैं।

बात घूम-फिरकर नैतिकता पर आ जाती है। समाज में उल्लंघ्य कामाचार न बढ़े, इसलिए शास्त्रों ने प्रेम पर अंकुश लगाया और यह निर्णय दिया कि नर-नारी का दैहिक मिलन पाप है—यदि वह प्रजोत्पत्ति के लिए न किया गया हो। और, अजब नहीं कि नैतिकता की ही किसी व्याप्ति से भीत होकर प्लेटो को भी प्रेम की दो श्रेणियाँ बनानी पड़ी हों। प्रेम के भीतर अच्छी और बुरी, अनेक प्रकार की प्रवृत्तियाँ काम करती हैं, इसलिए इस लता को किसी-न-किसी बाड़े में घेर रखना ही ठीक है। किन्तु यहीं कथा की इत्ति नहीं हो जाती। समझने की बात यह है कि प्रेम है क्या और वह कैसे अपना काम करता है?

प्लेटो ने ज्ञान, सत्य और अध्यात्म को भी प्रेम का ही विषय माना है, किन्तु मेरे जानते ये प्रेम के विषय नहीं हैं। हाँ, वे प्रेम के परिणाम हो सकते हैं। काम की सनातन व्याख्या यह है कि प्रकृति उसके द्वारा जीव-सृष्टि को कायम रखती है। किन्तु काम की सारी व्याप्तियाँ इतनी ही नहीं हैं। काम केवल शरीर का धर्म नहीं है, उसके अनेक कार्यों में प्रेमियों की आत्मा भी साथ होती है। नारी का शरीर निरी वासना का क्षेत्र नहीं है। नारी जब अपने सौन्दर्य से पुरुष को आकृष्ट करती है, तब वह उसके हृदय में किसी कवि को भी जाग्रत कर देती है। प्रेम शारीरिक कृत्य भी है, किन्तु शरीर की क्रियाएँ प्रेम को उतना उत्तेजित नहीं करतीं, जितनी उत्तेजना काम के मानसिक उपसर्गों से आती है; शब्द, चिन्तन ध्यान और समाधि से आती है। प्रेम का आरम्भ भौतिकता में और परिपाक अध्यात्म में है। प्रेम पहले 'फिजिक्स' और तब 'मेटाफिजिक्स' होता है। प्लेटो ने प्रेम की जो श्रेणियाँ बनाईं, वे वस्तुतः परस्पर भिन्न नहीं हैं। एक ही प्रेम दोनों श्रेणियों में विहार करता है।

यदि केवल प्रजनन की आवश्यकता को ही सत्य मानें, तो मनुष्य और पशु में कोई भेद न रह जाएगा और तब मनुष्य का प्रेम भी वैसा ही अनगढ़ और कुरूप होगा, जैसा वह पशु-जगत में पाया जाता है। किन्तु मनुष्य और पशु के कृत्य एक समान नहीं होते। पशु केवल पेट भरने को भोजन करते हैं, मनुष्य भोजन में स्वाद भी चाहता है। पशु अपनी नग्नता से संतुष्ट रहते हैं, मनुष्य भाँति-भाँति की पोशाकों से अपने सौन्दर्य में वृद्धि करता है। प्रेम के आवेग से विचलित पशु उछलते-नाचते और कूदते हैं। किन्तु इस आवेग से आक्रान्त मनुष्य मुख से कोई मनोरम शब्द निकालता या कविता करता है और शब्द विचारों की अभिव्यक्ति होते हैं। मनुष्य की काम-भावना केवल शरीर को ही नहीं, मन और आत्मा को भी आन्दोलित करती है। काम जब मन और आत्मा के धरातल पर पहुँचता है, तब उसके भीतर रहस्यपूर्ण अर्थों का समावेश होने लगता है। प्रेम प्रजनन भी है और मान-सोल्लास भी। प्रेम सामाजिक कृत्य भी है और रहस्यवाद भी।

हौवा का जन्म कैसे हुआ? कहते हैं, एक दिन जब आदम सोए हुए थे अर्थात् रहस्य-चिन्तन अथवा ईश्वर की समाधि में लीन थे, तभी देवताओं ने उनके हृदय के पास की एक हड्डी निकाल ली और उसी अस्थि-तन्तु पर हौवा के व्यक्तित्व की नींव पड़ी, अर्थात् नारी नर की अस्थि से बनी है, यानी वह शारीरिक सम्बन्ध के लिए है। यह भी कि नारी नर की प्रार्थनामयी समाधि से निकली है; अर्थात् वह आध्यात्मिक प्रेरणाओं का स्रोत है।

जिन देशों में विवाह वर और वधू की इच्छा के अनुसार किया जाता है, वहाँ नर विवाह में केवल इसलिए प्रवृत्त नहीं होता कि उसे संतान की आवश्यकता होती है अथवा वह नारी को फलवती बनाना चाहता है, प्रत्युत् ऐसे सभी विवाहों का एकमात्र ध्येय प्रेम होता है और प्रेम के सामने कोई उपयोगी लक्ष्य है या नहीं, यह नहीं जाना जा सकता। शायद प्रेम उपयोगिता के वृत्त से बाहर की चीज है।

कला के विषय में रवीन्द्रनाथ ने कहा है कि जब तक मनुष्य उपयोगिता के वृत्त में है, वह कला की सृष्टि नहीं कर सकता, क्योंकि कला का उपयोग से कोई सम्बन्ध नहीं है। कला का आनन्द एक ऐसा आनन्द

है, जिसका कोई लक्ष्य या उद्देश्य नहीं होता। मेरे जानते, प्रेम का भी प्रेम के सिवा कोई और उद्देश्य नहीं है। प्रकृति भी कदाचित् यही मानती है। मानवीय प्रेम के विषय में प्रकृति की दृष्टि व्यष्टि पर रहती है, समष्टि पर नहीं। उसका भाव शायद यह है कि व्यष्टि की आवश्यकता की पूर्ति से समष्टि की आवश्यकता आप-से-आप पूर्ण हो जाती है। किन्तु इसके बाद प्रेम का जो एक विशाल साम्राज्य बच जाता है, उसमें व्यक्ति ही विहार करते हैं।

केवल शारीरिक मिलन को प्रेम कहना चाहिए या नहीं, यह विषय संदिग्ध माना जाना चाहिए। शायद वह प्रेम नहीं है। प्रेम की सार्थकता दम्पती के तन, मन और आत्मा के एकाकार होने में है। और प्रेमियों में भी श्रेष्ठ वे हैं, जो केवल काम पर बस न मानकर सबसे अधिक रस उन झंकारों का लेते हैं, जिन्हें प्रेम प्रेमियों की आत्मा में उत्पन्न करता है। प्रेम वासना है, किन्तु यह वासना आत्मा में विलक्षण उमंग, अप्रतिम प्रसार और अद्‌भुत उत्तेजना जाग्रत करती है। प्लेटो की यह उक्ति ठीक है कि प्रेम एक प्रकार के आनन्दोन्माद का माध्यम होता है। प्रेम उस लोक की ओर उड़ने की प्रेरणा देता है, जो अतीन्द्रिय सुषमाओं का लोक है। प्लेटो ने जिस आनन्दोन्माद की ओर संकेत किया है, उसकी अनुभूति सबको होती है। उन्हें भी, जो सुसंस्कृत और सुरुचिसम्पन्न हैं और उन्हें भी, जो भौंडे और गँवार हैं। किन्तु भौंडे और गँवार लोग इस स्फुरण को ठीक से नहीं पहचान पाते, यद्यपि अनुभव उन्हें भी होता है कि आनन्द की यह किरण अपरलोक से आ रही है।

ऐसा दीखता है कि प्रेम और कला में निकट का सम्बन्ध होगा। इसके कई प्रमाण दिये जा सकते हैं। सबसे बड़ी बात तो यह है कि प्रेम का आनन्द बहुत कुछ कला के आनन्द के समान होता है और आदमी चाहे कितना भी अकलात्मक क्यों न हो, उसे जीवन में एक बार इस आनन्द की अनुभूति अवश्य होती है। प्रेम से कई प्रकार की चिंगारियाँ छिटकती हैं। इनमें से सबसे अधिक तेज वाली वे होती हैं, जिनसे कला को प्रेरणा मिलती है। इसीलिए कलाकार नारी रूप की ओर सहज ही खिंच जाता है। पंडित, मूर्ख, धनी और निर्धन–प्रेम, प्रायः सभी प्रकार के लोग करते हैं, किन्तु प्रणय-भावना की जैसी अनुकूलता योद्धाओं और कलाकारों से है,

वैसी और लोगों से नहीं। यह शायद इसलिए कि योद्धा में बलिदान के आवेग अधिक होते हैं और कलाकार उन आध्यात्मिक किरणों को कुछ अधिक समझ सकता है, जो नारियों के सौन्दर्य से निःसृत होती हैं।

प्रेम की सहज भूमि उस हृदय को मानना चाहिए, जिसमें अतृप्त प्रवृत्तियों की भरमार है और जो यह अनुभव करता है कि वह उपेक्षित, रीता और असंतुष्ट है। कलाकारों में इच्छाएँ और प्रवृत्तियाँ असंख्य होती हैं और वे सदैव एक प्रकार की तृषा से चंचल, एक प्रकार की रिक्तता से आक्रान्त रहते हैं। इसीलिए सौन्दर्य को देखते ही कलाकार के हृदय में हलचल-सी मचने लगती है, जो प्रेम और कला, दोनों की पहली पहचान है।

जिसके भीतर प्रवृत्तियाँ कम हैं और जो हैं भी, वे संतृप्त हैं, वह व्यक्ति प्रेम शायद ही कर सके। जो सुखी है, जो संतुष्ट है, प्रेम का सारा तेज उसमें प्रकट नहीं होता। इसी प्रकार, जिसके अन्तर में वेदना नहीं, पीड़ा और अतृप्ति नहीं, वह व्यक्ति भी प्रेम की क्षमता से विहीन होगा। कलाकार चूँकि जीवनभर अपनी रिक्तता और तृषा से बेचैन रहता है, इसीलिए प्रेम वह उस उम्र में भी कर सकता है, जब इतर जन सौन्दर्य से आँखें चुराने लगते हैं। नारी जिस प्रेम को सदा जगाए रखना चाहती है, नरों में वह प्रेम केवल कलाकारों में अधिक-से-अधिक काल तक जीवित रहता है। प्रेम से एक प्रकार के अमृत की वृष्टि होती है, जिसे पीकर प्रेमी मन से जवान रहते हैं। जिस व्यक्ति को सांसारिक सफलता मिलने लगी, वह इस अमृत से दूर होने लगता है। किन्तु चिरन्तन तृषा से पीड़ित रहनेवाला कलाकार इस अमृत की खोज आजीवन करता रहता है। कला की सर्वाधिक प्रेरक शक्ति सौन्दर्य और प्रेम है।

और वासना से भी सर्वाधिक मुक्त केवल कलाकार का प्रेम होता है। कला प्रेम को जीव-विज्ञान, समाज और ऐन्द्रियता के धरातल से उठाकर ऊपर ले जाती है। कला का ध्येय प्रेम का, स्वप्न की भाषा में, अनुवाद है। कविताओं में हम जिस नारी का बखान सुनते हैं, वह किसी की भी बेटी, बहन या भार्या नहीं होती। वह तो अनामिका, अशरीरी कल्पना की प्रतिमा है, जिसके अंग पर उम्र के दाग नहीं लगते, जो स्पर्श से परे खड़ी हमारे सपनों पर राज करती है। चूँकि वह कोई एक नारी नहीं है, इसीलिए

वह सभी नारियों का प्रतिनिधित्व करती है।

नर-नारी के शारीरिक मिलन का संधान शास्त्रकार वात्स्यायन ने किया। किन्तु शरीर के धरातल से ऊपर नर-नारी के मिलन की महिमा कालिदास और लारेंस का अनुसंधान है। प्रेम से आनन्द की एक प्रकार की अशरीरी लहर उठती है, जो बहुत-कुछ रहस्यवादी कल्पना की लहर के समान है। कविता इस लहर के लिए राह बनाती है। कला इस लहर का अनुकरण करती है। प्रेम से प्लेटो ने एक प्रकार की अतीन्द्रिय अनुभूति की माँग की थी। कला इस माँग की सबसे समीपवर्ती पूर्ति है।

सूफी-परम्परा में एक कहावत चलती है कि इश्कमिजाजी इश्कहकीकी का सोपान है अर्थात् शारीरिक सोपान पर प्रेम करते-करते मनुष्य आध्यात्मिक सोपान की ओर बढ़ने लगता है। प्रेम के भीतर आध्यात्मिक प्रसार की शक्ति है, यह निश्चित बात है। किन्तु क्या प्रत्येक व्यक्ति शारीरिक सोपान से, स्वभावतया, अध्यात्म की ओर बढ़ सकता है? काश, यह बात होती! किन्तु वह है नहीं। शरीर प्रेम की जन्मभूमि है और जैसे सब लोग जन्मभूमि से प्यार करते हैं, वैसे ही प्रेम को भी अपनी जन्मभूमि अन्य सभी भूमियों से अधिक पसन्द है :

प्रेम की मादकता का भेद
छिपा रहता भीतर मन में,
काम तब भी अपना मधु वेद
सदा अंकित करता तन में।

[नए सुभाषित]

शरीर से ऊपर उठने के लिए सब्लिमेशन अथवा उदात्तीकरण की प्रक्रिया पर अधिकार होना चाहिए, किन्तु यह अधिकार अधिक लोगों को प्राप्त नहीं होता। प्रत्येक युग में कुछ थोड़े-से ही लोग उदात्तीकरण की क्षमता से सम्पन्न होते हैं, और उनसे भी कम संख्या उनकी होती है, जो प्रयासपूर्वक अपने को उदात्तीकरण के अनुरूप बनाने में सफलता प्राप्त करते हैं। सबसे बड़ी बाधा यहाँ प्रेम से ही आती है, क्योंकि प्रेम शरीर को छोड़ना नहीं चाहता, वह उड्डयन के क्रम में आधी राह से भी

बार-बार नीचे लौट आता है। प्रेम की बाधाओं से घबराकर लोग अक्सर यती-मार्ग पर जा पड़ते हैं, किन्तु यह 'सब्लिमेशन' नहीं है। केवल शरीरव्रती हो, इससे क्या होता है? व्रत की पवित्रता तो मन के भीतर रहनी चाहिए। सच्चा सब्लिमेशन वह है, जिसमें मन तो शरीर के रस से आप्यायित रहता है और शरीर मन के व्रतों का साथ देता है। उदात्तीकरण में सिद्धि उसे मिलती है, जो 'विरागलोक का रसिक' और 'मधुवन का संन्यासी' है।

सब्लिमेशन की प्रक्रिया काम के सर्वथा त्याग की प्रक्रिया नहीं, उसकी शारीरिक अभिव्यक्ति के त्याग की प्रक्रिया है। और यह त्याग देह-दंडन के भाव से नहीं, मधुरता के साथ किया जाना चाहिए। सब्लिमेटेड अथवा उदात्त पुरुष काम से सर्वथा मुक्त नहीं होता, केवल उसकी स्थूलताओं से परे होता है। वीणा को गोद में रखकर उसे बजाने का काम वह प्रेम है, जिसे प्लेटो ने हीन कोटि में रखा है। किन्तु वीणा से निकलने वाली झंकारों का सेवन वह प्रेम है, जो उच्चकोटि में आता है। प्रेम का जन्म काम में होता है, किन्तु उसकी परिणति काम के अतिक्रमण में होनी चाहिए। यही नहीं, प्रत्युत प्रेमिका के सौन्दर्य पर चकित रहनेवाले चिन्तनशील प्रेमी के मन में भी यह भावना उठा करती है कि वह सौन्दर्य कहाँ है, जो इससे भी अधिक महान होगा? प्रेम में पवित्रता धर्म के भय से नहीं लाई जाती, पवित्रता प्रेम का अपना गुण है।

किन्तु यह साधना अत्यन्त कठोर है। प्रेम के भीतर भ्राँतियाँ और मरीचिकाएँ एक-दो नहीं, अनन्त हैं। प्रेम और काम एक नहीं हैं; किन्तु उन्हें दो करके देखना अत्यन्त दुष्कर कार्य है। प्रेम भ्रामक होता है, प्रेम चंचल होता है, प्रेम अक्सर विकृत हो जाता है, वह पंडितों के उपदेशों से चिढ़ता और सामाजिक बन्धनों की अवज्ञा करता है। वह उड़कर आकाश की सैर करता है और मौका मिलते ही पंक में धँस जाना चाहता है। उसकी प्रेरणाएँ दिव्य भी हैं और राक्षसी भी। प्रेम अपने-आपको न्योछावर भी करता है और दूसरों के वह प्राण भी लेता है। इसलिए व्यक्ति और समाज, दोनों उसके प्रति सावधान रहें, इसी में कल्याण है। क्योंकि वन के हिंस्र जन्तुओं से लड़कर मनुष्य जीत भी जाए, किन्तु प्रेम के आवेगों से लड़कर जीतना

दुःसाध्य है। कबीर साहब ने सत्य कहा है :

चढ़ै सो चाखे प्रेम-रस, गिरै सो चकनाचूर।

किन्तु यह प्रेम-रस है क्या चीज? प्रेम और काम को दो करके देखना कठिन है, किन्तु उनकी भिन्नता सदैव अदृश्य नहीं रहती। प्रेम भावनाओं की तृप्ति, आनन्द की लहर, शारीरिक कृत्य, सामाजिक यज्ञ और मनोवैज्ञानिक समाधान–सब कुछ है और इन सारे कृत्यों में काम उसके साथ रहता है। किन्तु एक कार्य है जिसमें प्रेम वासना से अलग खड़ा होता है। प्रेम बलिदान है। प्रेम त्याग है। प्रेम अपने-आपको दान में दे देना है और बिना यह सोचे दे देना है कि इसका कोई प्रतिदान भी है या नहीं। और यह दान उस वस्तु का नहीं है, जो हमारे पास है, बल्कि उस सम्पूर्ण अस्तित्व का, जो हम स्वयं हैं। प्रेम का सबसे बड़ा कार्य पाने में नहीं, देने में है। और यहीं वासना प्रेम से भिन्न हो जाती है। वासना वह प्रेम है, जिसने आत्मदान से अपने को पूर्ण नहीं किया है। सिद्ध प्रेम उस व्यक्ति का है, जिसने अपना सर्वस्व चढ़ा दिया है :

यह तो घर है प्रेम का, खाला का घर नाहिं।
सीस काटि भुइयाँ धरे, तब पैठे घर माहिं॥

–कबीर साहब

समाज में, अनन्त काल से, प्रेम के प्रति संतों, चिन्तकों और शास्त्रकारों का व्यवहार पुलिस का-सा रहा है। और उन्हीं के भय से मनुष्य ने अपने चेहरे पर पवित्रता का नकाब लगाना मंजूर कर लिया, यद्यपि इस नकाब का उसे अभ्यास नहीं था। अथवा यों कहें कि यह नकाब जितने अच्छे सूत का है, उतने बारीक और महीन सूत आदमी की भीतरी जिन्दगी में नहीं काते जाते।

लोग बड़ी आसानी से कह देते हैं (और मैंने भी ऊपर कहीं कहा है) कि मनुष्य को पशु से भिन्न होना चाहिए, क्योंकि पशुओं से वह कहीं श्रेष्ठ है। मनुष्य पशुओं से श्रेष्ठ तो है, किन्तु इसी श्रेष्ठता से उसकी बहुत-सी दुर्बलताएँ भी उत्पन्न होती हैं। विशेषतः, काम के विषय में

मनुष्य को उतनी भी स्वाधीनता नहीं है जितनी पशु-जगत में दिखाई देती है। पशुओं का मस्तिष्क अविकसित है, यह उनके लिए इस प्रसंग में फायदे की बात है। इसके प्रतिकूल, मनुष्य का मन अत्यन्त विकसित और सतत क्रियाशील है। उसके भीतर भावना की अनेक तरंगें उठती-गिरती रहती हैं और इनमें से प्रत्येक तरंग के साथ मानव की काम-भावना सम्बद्ध है। यह भावना जब मनुष्य के अवचेतन में प्रवेश करती है, उसका सारा व्यक्तित्व उत्तेजना से भर जाता है और उसमें से नई-नई शाखाएँ फूटने लगती हैं। जो मनुष्य सुस्वादु भोजन का प्रेमी होता है, वह धीरे-धीरे खुरदुरे वस्त्रों को छोड़ देता है और उसकी रुचि रेशम और मलमल की ओर जाने लगती है। नारी को जब दर्शकों की आँखों से झरने वाले प्रशंसा के रस का स्वाद मिलता है, वह प्रसाधन का महत्त्व समझने लगती है और तब उसकी बातचीत, हाव-भाव और सामाजिक आचारों में भी एक नया सम्मोहन भरने लगता है। और नारी-सौन्दर्य पर रीझनेवाली कलाकार की आँखें केवल नारी-सौन्दर्य तक ही सीमित नहीं रहतीं, वे वनों की हरियाली और पर्वतों के अवाक् सौन्दर्य पर भी देर तक बिरमना चाहती हैं। इसी प्रकार, रमणी-रूप की चोट खाकर जगनेवाला हृदय अदृश्य सौन्दर्य के संधान में भी तत्पर हो जाता है :

विस्मृति के जिस सुधा-सिंधु में तुम्हें कविता और दर्शन पहुँचाते हैं, वहाँ मैं नारी-प्रेम की नाव पर चढ़कर गया हुआ हूँ। रूप साकार कवित्व है। और सौन्दर्य की लहर दर्शन की लहर से मिलती-जुलती है।

[उजली आग]

इससे ज्ञात होता है कि प्रेम के जागरण से चेतना के प्रत्येक कूप में लहरें उठती हैं, कामना की कोई मंद वायु समस्त इन्द्रियों की गहराई में बहने लगती है तथा मन और आत्मा का प्रत्येक शिखर किसी लालिमा से उद्‌भासित हो उठता है। किन्तु ये सारे कम्पन काम के कम्पन नहीं होते, यद्यपि यह सत्य है कि इनका आरम्भ काम के सचेत होने पर ही होता है।

मनुष्य के भीतर शायद ही कोई प्रवृत्ति हो, जो काम की प्रवृत्ति से

प्रभावित न होती हो। इसीलिए जितनी सावधानी अन्य प्रवृत्तियों को राह पर रखने के लिए बरती जाती है, उससे बहुत अधिक सावधानी प्रेम के विषय में बरती जानी चाहिए। किन्तु यह सावधानी क्या है? नीत्शे ने कहा है कि धर्म ने काम को मारने के लिए उसे जहर पिलाने की कोशिश की, किन्तु काम मरा नहीं, वह जहरीला होकर रह गया। और योगियों ने उसे दमित करने की शिक्षा दी, किन्तु काम दमन में भी न लाया जा सका। अब मनोविज्ञान आया है कि काम को वह फुसलाकर बस में लाएगा। किन्तु कहा नहीं जा सकता कि मनोविज्ञान को कितनी सफलता मिलेगी। हाँ, यह आशा अवश्य होती है कि मनोविज्ञान का प्रयोग पहले के प्रयोगों से अधिक सफल होगा।

जब मनुष्य आदिम अवस्था में था, जब सामाजिक आचार प्रचलित नहीं थे, तब प्रेम का स्वरूप क्या रहा होगा, इसकी कल्पना की जा सकती है। काम के विषय में पशुओं को जो स्वाधीनता है, वही स्वाधीनता उस समय मनुष्य को भी रही होगी अर्थात् नारी किसी एक नर की और नर किसी एक नारी का न रहता होगा। साथ ही, काम जीवन में प्रधान भी न रहा होगा, जैसे वह आज भी पशु-जगत में प्रधान नहीं है। किन्तु ज्यों-ज्यों मनुष्य के मन का विकास होने लगा, त्यों-त्यों काम भी मनुष्य के मानसिक आवेग के रूप में बढ़ने लगा। धर्म की उत्पत्ति के समय काम मनुष्य की बहुत बड़ी समस्या बन गया था, यह तो इसी बात से प्रत्यक्ष है कि संसार के सभी धर्मों ने सबसे अधिक दंड काम को ही दिया है। और जब रोमांटिक जागरण का काल आया, लोग यह तो मानने लगे कि नारी पाप की प्रतिमा नहीं, शोभा का समुद्र है, किन्तु धर्म ने काम के प्रति जिस भय को जगा दिया था, वह भय रोमांटिक चिन्तकों में भी मौजूद मिलता है। उस भय का रूप यह है कि नारी भोग नहीं, पूजा की पात्री है; वह छूने नहीं, देखने की चीज है।

इस दृष्टि से विचार करने पर प्रेम की बीसवीं सदी की धारणा मुझे अधिक श्रेष्ठ दिखाई देती है, क्योंकि वह सत्य पर आधारित है, क्योंकि वह स्वाभाविक और निसर्गसिद्ध है। किन्तु धारणा के श्रेष्ठ होने पर भी इस सदी का कामाचार सर्वथा निर्दोष नहीं कहा जा सकता। हमारा सबसे बड़ा

अपराध कदाचित यह है कि धर्म ने जिस वस्तु को अत्यन्त दुर्लभ बना रखा था, उसे हमने जरूरत से ज्यादा सस्ता कर दिया है। और यह प्रक्रिया गर्भ-निरोधक यंत्रों के प्रचार से दिनोंदिन अधिक आसान होती जा रही है। वृक्ष का पता फलों से चलता है। तो जब फल ही नहीं हैं, तब वृक्ष के होने का प्रमाण क्या है? इसलिए प्रेम भय से मुक्त हो गया और प्रेमियों की घबराहट बिलकुल जाती रही। इससे अच्छे और बुरे, दोनों ही परिणाम निकले हैं। भय से मुक्ति मिली, यह अच्छी बात है। किन्तु सस्ता होना तो स्पष्ट ही बुरी बात है। नोट जब बहुत छापे जाते हैं, तब रुपयों का मूल्य घट जाता है। कामाचार चूँकि बहुत निरापद हो गया, इसलिए प्रेम की ज्योति मंद हो गई है।

बड़ी झील तभी तैयार होती है, जब उसके बाँध बड़े और मजबूत हों। प्रेम में भी महत्ता तभी आती है, जब काम के ज्वारों से उसके पाँव नहीं उखड़ते। उपवास केवल धार्मिक कृत्य नहीं है। उससे भूख में भी तीव्रता आती है और चबाने के समय रोटी का स्वाद भी बढ़ जाता है। ऐसा लगता है कि प्रेम को सस्ता बनाने की जो पद्धति आरम्भ हुई है, वह टिकाऊ नहीं होगी, क्योंकि जो चीज बहुत सस्ती है, वह हमारे आदर का विषय नहीं हो सकती।

[1958 ई.]

पुरानी और नई नैतिकता

पंडितों का अनुमान है कि मानव-समाज में सेक्स-सम्बन्धी आचरणों पर जो प्रतिबन्ध हम देखते हैं, वे दो कारणों से उत्पन्न हुए। एक तो इस कारण कि पुरुष इस बात की गारंटी चाहता था कि जो बच्चा उसका बच्चा कहा जाता है, वह ठीक उसी का बच्चा हो। और दूसरे इस कारण कि धर्मों ने बार-बार इस बात पर जोर दिया कि मनुष्य का वास्तविक उद्देश्य अपने परलोक को सुधारना है और इस कार्य में कामिनी और कंचन बाधक हैं। कामिनी बाधक इसलिए समझी गई कि मुमुझु लोग काम से डरते थे तथा काम से भीत होकर उन्होंने कामसुखों की इतनी निन्दा की कि अन्त में काम-कर्म भयानक माना जाने लगा।

जहाँ तक पहले कारण का सम्बन्ध है, वह जन्मजात प्रवृत्ति भी हो सकती है, क्योंकि गाँवों में हम देखते हैं कि दो भैंसे एक गाँव में नहीं रह

सकते। वे अपनी-अपनी चौहद्दियाँ बाँध लेते हैं। एक चौहद्दी के भीतर एक ही भैंसा विचरण करता है और दूसरा यदि आ जाए, तो दोनों के बीच लड़ाई हो जाती है। लेकिन भैंसे ऐसा क्या इसलिए करते हैं कि वे अपने बच्चे के सही बाप होने की गारंटी चाहते हैं? इसीलिए अनुमान होता है कि यह ईर्ष्या बच्चे को दृष्टिगत रखकर नहीं, बल्कि अधिकार की भावना से उठती होगी। किन्तु पशु और मनुष्य के बीच तो पूरी समानता नहीं है। अतएव बुद्धिवादी दृष्टि से यह मानना अधिक उपयुक्त है कि अपने बच्चे का सही बाप होने की चिन्ता से ही पुरुष ने यह प्रथा चलाई होगी कि जो नारियाँ ब्याह कर चुकीं, उन्हें पर-पुरुष की ओर देखने का अधिकार नहीं है।

पंडितों का यह भी मत है कि जब तक धर्म का उत्थान नहीं हुआ था, सेक्स-विषयक नैतिकता के मानदंड दो थे। विवाहित नारियों के लिए तो यह आवश्यक था कि वे पर-पुरुषों के पास न जाएँ, किन्तु पुरुष के लिए इतना ही बन्धन यथेष्ट समझा जाता था कि वह दूसरों की पत्नियों से अलग रहे। उनके सिवा जो अन्य नारियाँ थीं, उनके पास पुरुष बेखटके जा सकता था। तदुपरान्त धर्म की शक्ति बढ़ी और शास्त्रों ने यह प्रचार किया कि विवाह के घेरे से बाहर जाकर समागम करना नारी के लिए भी पाप है और नर के लिए भी तथा इस पाप के दंडस्वरूप ऐसे पापियों को अनन्तकाल तक नरकाग्नि में जलना पड़ता है।

आरम्भ में धर्म इतनी ही रोक लगाता था कि विवाहित स्त्री-पुरुष किसी तीसरे व्यक्ति से सम्बन्ध न करें। अतएव प्रजावृद्धि के उद्देश्य से किया जानेवाला दम्पति का कामाचार दोष नहीं था, न धर्म ही यह सिखलाता था कि विवाह करना अथवा गृहस्थ बनकर रहना कोई पाप है। किन्तु जब धर्म का निवृत्तिवादी रूप प्रकट हुआ, बहुतों की दृष्टि में कामाचार मात्र दुराचार बन गया, चाहे वह विवाह के घेरों में घटित होता हो अथवा उनके बाहर। नारियों की अवज्ञा और गार्हस्थ्य की हीनता इसी निवृत्तिवाद से बढ़ी। बौद्ध, जैन और ईसाई धर्म निवृत्तिमूलक धर्म हैं। इन धर्मों ने गार्हस्थ्य की तुलना में संन्यास को प्रोत्साहन दिया, वैवाहिक बन्धन तोड़कर युवकों को वैराग्य लेने की प्रेरणा दी और जो गृहस्थ रह गए,

उनके भीतर भी इस संस्कार को जगा दिया कि संसार में जहाँ-जहाँ सौन्दर्य दीखता है, वहाँ-वहाँ पाप है और जहाँ भी आनन्द मिलता है, वह आध्यात्मिक रोगों का स्थान है। अतएव कामसुख चूँकि सभी सुखों से अधिक स्वादिष्ट था, इसलिए वही सबसे अधिक भयानक माना जाने लगा।

बुद्धदेव नारियों को भिक्षुणी होने का अधिकार देने के पक्षपाती नहीं थे। नारियों को संघ में आने का अधिकार उन्होंने अपने प्रिय शिष्य आनन्द के आग्रह के कारण दिया। और यह अनुज्ञा देकर उन्होंने पीछे पश्चात्ताप भी किया : 'आनन्द! मैंने जो धर्म चलाया, वह पाँच सहस्र वर्ष तक चलनेवाला था, किन्तु अब वह केवल पाँच सौ वर्ष चलेगा, क्योंकि नारियों को मैंने भिक्षुणी होने का अधिकार दे दिया है।'

और जैन धर्म ने यद्यपि नारियों को भिक्षुणी होने का अधिकार आरम्भ से ही दे रखा था, किन्तु जब वह मत श्वेताम्बर और दिगम्बर, इन दो सम्प्रदायों में बँट गया, तब दिगम्बर सम्प्रदाय ने शास्त्र में यह संशोधन कर दिया कि मोक्ष नारियों के लिए नहीं है। वे घर में ही रहकर धर्म-साधना करें। जब वे मोक्ष के समीप पहुँचेंगी, उनका जन्म पुरुष-योनि में हो जाएगा। तभी वे संन्यास ले सकेंगी और तभी उन्हें मोक्ष भी मिलेगा। तभी से जैन भिक्षुणियाँ केवल श्वेताम्बर सम्प्रदाय में होती हैं, जो बहुत ही उचित है।

और ईसाइयत के धर्माचार्य, संत पॉल ने अनुज्ञा दी, 'पुरुष के लिए यह अच्छा है कि वह नारी का स्पर्श न करे। यह उत्तम है कि सब लोग मेरे समान क्वारे रहें। अविवाहित लोगों और विधवाओं से मेरा कहना है कि यदि वे मेरे समान अविवाहित रह सकें, तो यह बहुत अच्छी बात होगी; किन्तु यदि न रह सकें, तो विवाह कर लें, क्योंकि जलते रहने की अपेक्षा विवाह कर लेना श्रेष्ठ है।'

बर्ट्रेंड रसल ने संत पॉल की इस सूक्ति पर व्यंग्य किया है : 'यह तो वैसी ही बात है, जैसे कोई यह कहे कि रोटी में कोई और गुण नहीं है। उसकी सारी सार्थकता इस बात को लेकर है कि जो आदमी रोटी पकाता है, वह रोटी की चोरी नहीं करता।'

और गांधी भी, जो बुद्ध महावीर और संत पॉल की परम्परा के बहुत समीप हैं, कहते हैं : 'जो चीज मुक्ति में सहायक नहीं है, उसे मैं अनावश्यक मानता हूँ। विवाह भी ऐसा ही अनावश्यक कृत्य है। मुक्ति से दूर होने के कारण मनुष्य को जन्म लेना पड़ता है और जब वह मुक्ति से और भी अधिक दूर होता है, तब वह विवाह करता है।' अर्थात् विवाह-धर्म आपद्धर्म है। फिर वही बात। विवाह कर लो, क्योंकि तड़पने की अपेक्षा विवाह कर लेना श्रेष्ठ है। और गांधी जी ने वह बात भी कही, जिसे संत पॉल कहना भूल गए थे। 'विवाह भी करो, तो संतानोत्पत्ति से दूर रहो।' यहाँ यह स्मरण रखना चाहिए कि गांधी जी ने गर्भ-निरोधक यंत्रों अथवा दवाइयों के इस्तेमाल का कहीं भी समर्थन नहीं किया है।

मात्र अपने सही बच्चे का बाप होने की बात होती, तब भी नारियों पर प्रतिबन्ध तो रहता ही, किन्तु निवृत्तिमूलक धर्मों ने पवित्रतावाद और वैराग्य का जो व्यापक प्रचार किया, उससे सेक्स का रूप विकृत हो गया। लोग मानने लगे कि कामाचार भयानक पाप है और नारी इस पाप की साकार प्रतिमा है (मानो, यह पाप केवल एक पक्ष से ही सम्पादित होता हो)। जरा कल्पना कीजिए कि जब हट्टे-कट्टे नौजवान वैराग्य लेकर वन की ओर भागते होंगे, तब उनकी युवा पत्नियों की अन्तःपीड़ा कैसी होती होगी? मुक्ति तो नारियों की दृष्टि में भी अत्युच्च ध्येय थी। अब यदि पतिदेव मुक्ति के लिए संसार छोड़ रहे हों, तो पत्नी बेचारी कैसे कहे कि पति कोई गलत काम कर रहा है? साथ ही, वह यह भी समझने लगी कि सचमुच मैं ही पाप-सद्म हूँ, क्योंकि 'गृहिणी ही छोड़ते हैं नर गृह कह के।'

और संन्यास लेने से ही क्या सेक्स से छुटकारा मिलता है? 'विनयपिटक' में तथागत की स्पष्ट अनुज्ञाएँ हैं : 'भिक्षुओ, एकान्त पाकर भिक्षुणियों के प्रति ऐसा न करो। भिक्षुणियो! एकान्त पाकर भिक्षुओं के साथ वैसा न करो।'

मार और बुद्ध की लड़ाई में बुद्ध जीते थे, किन्तु मार और संघ की लड़ाई में मार जीत गया। साधक कौन श्रेष्ठ है? वह जो घर में रहकर साधना करता है या वह, जो वन में जाकर उन लुभावनी झाँकियों से हैरान

होता है, जिन्हें मार प्रत्येक वैरागी के मन में तैराता ही रहता है? जनक ने पहला मार्ग चुना था। किन्तु बौद्ध, जैन एवं ईसाई साधकों ने दूसरा मार्ग पकड़ा। उनके प्रयोगों से जो बात जाहिर हुई, उसे देखकर आगे आनेवाले साधक फिर सँभल गए। इसीलिए कबीर और नानक ने गार्हस्थ्य की छाया में रहकर अपनी साधना पूरी की। और रज्जब जी ने लिख भी दिया :

एक जोग में भोग है, एक भोग में जोग।
एक बुड़हिं वैराग्य में, इक तरहिं सो गिरही लोग॥

चूँकि सभी देशों में शास्त्रों के रचयिता पुरुष थे, इसलिए व्यभिचार की जिम्मेवारी उन्होंने नारियों पर डाल दी। यह पाप इसलिए होता है चूँकि नारियाँ जादूगरनी हैं, मोहिनी हैं, अहेरिन हैं। यदि शास्त्रों की रचना नारियों ने की होती, तो यह सारी जिम्मेवारी पुरुषों पर डाली गई होती। किन्तु व्यभिचार दो व्यक्तियों द्वारा सम्पन्न होता है, यह बात इतनी प्रत्यक्ष थी कि वह प्राचीन शास्त्रकारों को भी दिखाई पड़ी। यही कारण है कि प्राचीन शास्त्रों में केवल पुंश्चली नारियों की ही निन्दा नहीं मिलती, प्रत्युत व्यभिचारी पुरुषों को भी भय दिखाया गया है। किन्तु व्यवहार में क्या हुआ? नारियों से वे सभी अवसर छीन लिये गए, जिनसे उनके स्खलन की शंका हो सकती थी। किन्तु पुरुष के व्यभिचरण पर कोई रोक न लगाई जा सकी, क्योंकि पुरुष के लिए व्यभिचरण आसान था। व्यभिचार रोकने के लिए शास्त्रों ने जो महाजाल फैलाया, नारी उसके भीतर बहुत दूर तक बँध गई। कारण, एक तो उसके गर्भवती हो जाने का भय था और दूसरा यह कि वह चारदीवारी के भीतर बन्द कर दी गई। किन्तु पुरुष इस जाल के भीतर बाँधा नहीं जा सका। उसे घूमने-फिरने की पूरी छूट थी और पत्नी अथवा पड़ोसी यदि देख न लें, तो उसके स्खलन को प्रमाणित करने का कोई उपाय न था, न इस स्खलन से उस पर गर्भ का कोई खतरा ही आनेवाला था।

सेक्स-विषयक नैतिकता का भीतर-भीतर चाहे जितना भी उल्लंघन होता हो, किन्तु ऊपर से प्राचीनकाल में ऐसे नैतिक दोष अत्यन्त भयानक माने जाते थे और शास्त्रों के प्रहरी तो उनसे अधिक भयानक पाप की

कल्पना ही नहीं कर सकते थे। प्राचीन युग की केवल दो-चार ही ऐसी घटनाएँ हैं जिन पर आश्चर्य होता है। पहली घटना यह है कि भारत में पाँच सन्नारियों का व्यभिचरण का दोष नहीं लगाया गया। वे पाँचों नारियाँ अब तक पंचकन्या के नाम से पूजी जाती हैं। दूसरी यह कि गौतम ऋषि ने जाबाला के पुत्र सत्यकाम को ब्रह्मविद्या का अधिकारी मान लिया, यद्यपि जाबाला नाना पुरुषों के सम्पर्क में रही थी, यहाँ तक कि वह यह भी नहीं जानती थी कि सत्यकाम उसे किस पुरुष से प्राप्त हुआ था। तीसरी घटना यह है कि लोग जब एक व्यभिचारिणी नारी को पत्थर फेंककर मार रहे थे, तब महात्मा ईसा मसीह को उस पर करुणा आ गई और उन्होंने यह कहकर लोगों के हाथ रोक दिये कि इस बहन पर पत्थर वही फेंक सकता है, जिसने स्वयं ऐसा पाप न किया हो।

चौथी घटना कुछ अधिक मनोरंजक है। जातक कथाओं में एक कथा आती है कि तथागत एक जन्म में एक राजा के गुरु थे। एक दिन राजा उनके पास अत्यन्त व्यग्रता में पहुँचा और रोते-रोते बोला कि 'महामात्य ने मेरे रनिवास को दूषित कर दिया है। इससे मैं इतना क्षुब्ध हो उठा हूँ कि आज या तो मैं रानी का वध करूँगा अथवा अपनी जान दे दूँगा।' बोधिसत्व ने राजा को आश्वस्त करके पूछा : 'राजन्! रनिवास पर तुम्हारा प्रेम जीवित है अथवा वह विनष्ट हो गया?' राजा ने कहा 'प्रेम तो जीवित है महाराज! अन्यथा मैं क्षोभ से इतना जलता ही क्यों?' फिर बोधिसत्व ने कहा 'और रानी का भी तुम पर प्रेम है, ऐसा क्या तुम नहीं मानते?' राजा बोला 'अभी तक तो मानता था, महाराज!' बोधिसत्व ने इसी पर बात खत्म कर दी, 'तो प्राण लेने या देने की इसमें कोई बात नहीं है। एक घाट पर अनेक जीव पानी पीते हैं। किन्तु इससे नदी कलुषित नहीं हो जाती। यदि रनिवास पर तुम्हारा और तुम पर रनिवास का प्रेम है, तो रानी तुम्हारी आज भी पवित्र है।' चूँकि कहानी मैं स्मृति से लिख रहा हूँ, इसलिए भाषा और शैली मैंने गढ़ दी है। किन्तु कथानक बिलकुल यही है, ऐसा मेरा खयाल है।

इन घटनाओं से जो शिक्षा निकाली जा सकती है, वह स्पष्ट ही प्राचीन नैतिक सिद्धान्तों के विपरीत पड़ती है। पंचकन्या के साथ प्राचीन

नैतिकता का विशिष्ट बर्ताव, कदाचित् इस कारण हुआ कि कुंती, अहल्या, मंदोदरी आदि नारियाँ ऐसी थीं, जिनकी तेजस्विता एवं गुणवत्ता अत्यन्त प्रखर थी। अतएव उनके स्खलनों को समाज ने, चन्द्रमा के बीच लघु कलंक मानकर, बर्दाश्त कर लिया। सत्यकाम को ब्राह्मणत्व का अधिकार देने में दो बातें हो सकती हैं। गौतम ने या तो जाबाला की सत्यनिष्ठा के सामने उसके व्यभिचरण को नगण्य मान लिया अथवा सम्भव है कि केवल सत्य की महिमा प्रतिष्ठित करने को यह कहानी गढ़ दी गई हो! यह छूट बहुत कुछ वैसी ही है, जैसे ईसाई धर्माचार्य उन व्यक्तियों के पापों को क्षंतव्य मान लेते हैं, जो अपने पापों को स्वीकार करके पश्चात्तापपूर्वक उनका प्रक्षालन करने को तैयार हैं। ईसा मसीह वाली घटना से यह शिक्षा निकलती है कि सभी लोग एक ही नाव में हैं। संयम सबको रखना चाहिए, पर घट-बढ़कर स्खलन भी सबका हो सकता है। तब क्या यह उचित है कि जिसका पाप खुल जाए, उसे दंड दिया जाए और जिसका स्खलन प्रच्छन्न है, वह आदरणीय बना रहे? तब दंड तो पाप के लिए नहीं, चातुर्य के अभाव के लिए होगा।

सबसे अधिक महत्त्व बोधिसत्व वाली कहानी का ही दीखता है, क्योंकि बोधिसत्व ने यह प्रश्न नहीं किया कि रनिवास के दूषित होने की बात तुमसे रानी ने कही या किसी और ने; न उन्होंने यही पूछा कि रानी का व्यक्तित्व कैसा है, वह परिवार और समाज के लिए अत्यन्त उपयोगी है अथवा साधारण कोटि का। बोधिसत्व ने जो कुछ पूछा और कहा, उससे इतनी ही बात निकलती है कि अगर पति और पत्नी में परस्पर प्रेम है, तो छिट-पुट स्खलनों से उन्हें इतना कुपित नहीं होना चाहिए, अर्थात् प्रेम इतना पवित्र और महार्घ तत्त्व है कि उस पर दैहिक स्खलनों के दाग नहीं पड़ते।

प्रेम सेक्स से ऊँचा तत्त्व है। सेक्स के अपराध शरीर की तृषा से भी किए जाते हैं और युद्धादि के समय परवशता के कारण भी। 'स्वर्णधूलि' में पं. सुमित्रानन्दन पंत की एक कविता है 'पतिता' शीर्षक। उसमें कथा है कि लुटेरों ने आकर परिवार की एक वधू को दूषित कर दिया, जिसका विलाप सारा पड़ोस रो-पीटकर कर रहा है। इतने में उस अभागिन बहन का

पति केशव आता है और वह यह कहकर अपनी पत्नी को गले से लगा लेता है कि :

मन से होते मनुज कलंकित, रज की देह सदा से कलुषित,
प्रेम पतितपावन है, तुमको रहने दूँगा मैं न कलंकित।

ये चारों कहानियाँ वे रंध्र हैं, जिनमें आँखें डालकर प्राचीन नैतिकता अपनी कमजोरियों को पहचान सकती है अथवा ये वे वातायान हैं, जिनके भीतर से शताब्दियाँ प्राचीन नैतिकता की दुर्बलताओं को निहारती आई हैं। शास्त्रों ने बड़े-बड़े बाँध बाँधे, मानवता के नैतिक प्रहरियों ने रोम-रोम पर पहरा बिठाया; जिनके हाथ में सत्ता थी, उन्होंने भरपूर प्रयत्न किया कि अपना स्खलन छोड़कर बाकी सबके स्खलनों के लिए दंड दिया जाए; जिनके कहने से लोग जातिच्युत किये जा सकते थे, उन्होंने अगणित लोगों को जाति से निकलवा दिया और जिनकी आज्ञा से मनुष्य मारा जा सकता था, उन्होंने अगणित लोगों की जानें भी लीं, किन्तु सेक्स की निरंकुशता अटल रही। गाँवों में कहानियाँ चलती हैं कि अमुक राजा ने अपनी बेटी को फीलवान के साथ रस्सी से बाँधकर दोनों को एकसाथ जीवित गाड़ दिया। ऐसी कहानियाँ एक-दो नहीं, अनन्त हैं और उनसे भी बड़ी संख्या, कदाचित्, उन जोड़ों की होगी जो गाड़े न जाकर किसी अन्य विधि से अलग या समाप्त किये गए।

सेक्स पर अंकुश डालने का काम हवा को बाँधने के समान दुष्कर सिद्ध हुआ है। यह मनुष्य के आचरणों और क्रियाओं का वह अदृश्य उत्स है, जो लाख आवरणों के भीतर से भी बराबर ऊपर को झाँकता ही रहता है। इसे अपदस्थ करने की चाहे जितनी भी चेष्टा की जाए, वह बार-बार सिंहासन के ऊपर आ बैठता है और शास्त्र एवं नैतिकता के प्रहरी उसे बाँधने की जो भी तैयारी करते हैं, उस पर सेक्स का देवता व्यंग्य से मुस्कुराता है, मानो वह यह कह रहा है कि उतने बन्धन तो मैं तोड़ चुका, देखूँ, इस बार तुम कैसी कड़ियाँ तैयार करते हो?

ऐसी है वह पृष्ठभूमि जिस पर नई नैतिकता अपना सिर उठा रही है। नैतिकता की यह नई समस्या है क्या चीज? प्राचीन युग में लोगों से

सेक्स की नैतिकता का पालन तो करवाया जाता था; किन्तु उन्हें यह शिक्षा नहीं दी जाती थी कि सेक्स का वास्तविक स्वभाव क्या है और जीवन में उसका क्या स्थान होना चाहिए। भारत में ऋषि वात्स्यायन ने सेक्स की निगूढ़ताओं का अच्छा संधान किया था, किन्तु निवृत्तिमार्गी धर्मों ने वात्स्यायन के मर्म को नहीं समझा, न कामसूत्र को कभी धार्मिक प्रतिष्ठा प्राप्त हुई। समाज को जो भी ज्ञान दिया गया, वह यह था कि सेक्स की क्रियाएँ अत्यन्त गर्हित होती हैं और श्रेष्ठ मनुष्य वह है, जो इनसे बेदाग बच जाता है।

इस विषय में मनुष्यों के नेता शास्त्रकार न होकर अगर वात्स्यायन अथवा उनकी परम्परा के लोग हुए होते, तो सम्भव है, मानव-जाति अधिक संतुलन की स्थिति में होती। किन्तु यह न होकर हुआ यह कि निरन्तर लोगों के भीतर यह संस्कार भरा जाता रहा कि सेक्स कुत्सित है, उसका ज्ञान घृणित है और जो अविवाहित अथवा वैरागी है, उनके कान में तो इस विषय का एक शब्द भी नहीं पड़ना चाहिए। शास्त्रों ने लोगों को सेक्स की जानकारी न देकर केवल उनसे पाप के सारे अवसर छीन लिये और संयम के इस विशाल बाँध में तब भी जो अपूरणीय रंध्र थे, उन्हें विफल बनाने को शास्त्र बराबर यह नारा लगाते रहे कि जो व्यक्ति, भूल-चूक से भी ऐसा पाप कर बैठता है, उसे अनन्त काल तक नरकाग्नि में जलना पड़ता है।

प्राचीन नैतिकता की सभी दीवारें इसी नींव पर खड़ी रहीं। तब भी मनुष्य पूर्णरूप से कभी रोका न जा सका। नरकाग्नि का भय और तात्कालिक सुख, इनमें से सुख का पलड़ा बराबर भारी रहा और इसी सुख के लोभ से पुरुष ने वेश्यावृत्ति को प्रचलित होने दिया, क्योंकि इस प्रथा के द्वारा एक ओर जहाँ पुरुषों की वासना तृप्त होती थी, वहाँ समाज की वैवाहिक मर्यादा भी बाहर से अक्षुण्ण रखी जा सकती थी, यद्यपि यह प्रत्यक्ष था कि इस प्रथा से लाभ उठानेवाले लोग वैवाहिक मर्यादा का पालन नहीं कर रहे थे।

सच पूछिए तो वेश्याप्रथा का प्रचलन पुरानी नैतिकता की असफलता का सबसे बड़ा प्रमाण है और उससे इस बात का भी पता चलता है कि पुरुष ने नारी को दबा रखने के लिए कितना बड़ा षड्यंत्र किया है। पुरुष

ने अपने आनन्द के लिए नारियों का वेश्यालय खड़ा किया, किन्तु नारियों के मनोरंजन के लिए पुरुषों का वेश्यावर्ग न बन सका। इससे भी यही पता चलता है कि प्राचीन नैतिकता के हाथ में न्याय की एक नहीं, दो तराजुएँ मौजूद रही हैं : एक वह, जिससे वह पुरुषों के दोष तोलती है और दूसरी वह, जिस पर नारियों के पाप तोले जाते हैं। फिर भी पुरुषों की अपेक्षा नारियों के दोष कम रहे, क्योंकि वह दोष के अधिक अवसरों से वंचित थी, क्योंकि नरकाग्नि का भय भी सबसे अधिक उसी के लिए था और सबसे बड़ी यह बात कि गर्भ रह जाने का भय नारियों के लिए है, नरों के लिए नहीं।

और तब विश्व में नवयुग का प्रवेश हुआ। विज्ञान के साथ-साथ संसार में बुद्धिवाद की बढ़ती होने लगी और धर्मशास्त्रों का मान घटने लगा। स्वर्ग और नरक की कल्पनाएँ क्षीण होने लगीं एवं मनुष्य यह समझने लगा कि जो बातें बुद्धि से समझ में नहीं आती हैं, उनका न माना जाना ही ठीक है। ज्ञान की जागृति के साथ यूरोप में धन की भी वृद्धि हुई थी। अतएव, लोग उस धर्मशास्त्र के विरोधी हो गए, जिसका जन्म भय और निर्धनता के बीच हुआ था, क्योंकि अब वे अभावों से मुक्त थे और उनकी बुद्धि भय के सभी प्राचीरों को तोड़कर बाहर आ गई थी। परिणाम यह हुआ कि भोगवादी दर्शन की ओर वे बड़े ही उत्साह से दौड़ पड़े, जिसकी शिक्षा यह थी कि जीवन आनन्द भोगने को प्राप्त हुआ है तथा विश्व के सभी आनन्द निर्दोष हैं, जब तक यह प्रमाणित न हो जाए कि उनमें दोष या पाप भी होता है। प्राणिविज्ञान और मनोविज्ञान के प्रचार से मनुष्य के मन में उदारता आ गई, उसकी असहिष्णुता और ईर्ष्या कुछ कम होने लगी। परिणाम यह हुआ कि यौनाचार के पाप बहुत दूर तक क्षंतव्य माने जाने लगे। बुद्धि के निर्बंध होने से समाज उच्छल हो उठा और उस पर नारियों की मोहकता का ऐसा जादू चढ़ा कि उसके आगे धर्मशास्त्रीय निषेधों के पाँव उखड़ गए। ये बातें पहले यूरोप में हुईं, किन्तु अब वे भारत में भी आ रही हैं।

बुद्धि के स्वतंत्र होने और धर्मशास्त्रों का रौब घटने से आनन्द नर और नारी, दोनों को मिला। किन्तु इसी के साथ-साथ संसार में

नारी-मुक्ति आन्दोलन का सूत्रपात हो गया और शीघ्र ही गर्भ-निरोधक यंत्रों के अनुसंधान से प्राचीन नैतिकता कठिनाई में जा फँसी एवं मर्द यह सोचकर घबराने लगा कि अब कदाचित् नैतिकता के दो मानदंड नहीं चल सकेंगे।

प्राचीन नैतिकता के द्विविध रूप का निर्वाह इसलिए सम्भव था कि लोग नरक की ज्वाला से डरते थे; साथ ही नारियों को गर्भ रह जाने का भय था। धर्मशास्त्रों पर से श्रद्धा उठ जाने से नरक का भय जाता रहा और गर्भ-निरोधक यंत्रों की सुलभता से दूसरा भय भी विनष्ट हो गया। नारी-मुक्ति आन्दोलन का आरम्भिक ध्येय राजनीतिक और आर्थिक था। किन्तु आगे चलकर नारियाँ नैतिक मामलों में भी नरों से समानता की माँग करने लगीं। किन्तु यहाँ भी पहले उन्होंने यही चाहा था कि जैसे नारियों में स्खलिताओं की संख्या न्यून हैं, वैसे ही नर भी अपनी लंपटता में कमी करे। किन्तु अब वे यह माँग करने लगी हैं कि नैतिक मामलों में जितनी स्वाधीनता नरों को प्राप्त है, उतनी ही स्वाधीनता नारियों को भी मिलनी चाहिए, अर्थात् पहले वे नैतिक गुलामी में नरों की समानता करना चाहती थीं, आज वे नैतिक स्वतंत्रता में उनकी बराबरी करना चाह रही हैं।

एक बात और है कि पुरानी नैतिकता का आधार युवकों और युवतियों का सेक्स-विषयक अज्ञान था। किन्तु आज मनोविज्ञान ने सेक्स के अनेक परदों का अनावरण कर दिया है और बहुत-सी ज्ञानी लोग यह मानने लगे हैं कि सेक्स का ज्ञान युवकों और युवतियों को विवाह से पूर्व ही अर्जित कर लेना चाहिए। समाज में ऐसे लोग भी हैं, जिनका मत मनोवैज्ञानिकों के मतों से नहीं मिलता, किन्तु इतने से विरोध के कारण सेक्स-विषयक ज्ञान को युवकों की पहुँच से परे नहीं रखा जा सकता। यह ज्ञान तो दुकानों से पुकार रहा है, व्हीलर के स्टालों पर इन्तजारी कर रहा है, फिल्म के परदों पर चमक रहा है और उपन्यासों तथा अन्य साहित्य के जरिये घर-घर में प्रवेश कर रहा है। यह बाढ़ इतनी-सी बात से तो रुकती नहीं दीखती कि समाज का एक प्रतिष्ठित वर्ग उससे अप्रसन्न है। पुरानी नैतिकता गहरे संकट में है। और संकट में पड़ते समय उसका जो

रूप था, उसे अक्षुण्ण रखकर वह संकट से निकल नहीं सकती। परिवर्तन अवश्यम्भावी है। अतएव बुद्धिमानी रूठने में नहीं, इस अप्रिय स्थिति का सामना करने में है।

सबसे पहले मनोविज्ञान के प्रभावों को लीजिए। समाज पर इस विज्ञान का व्यापक प्रभाव यह पड़ा है कि सेक्स के पूर्ण उपभोग के बिना जीवन पूर्ण नहीं हो सकता और जो लोग सेक्स के संवेगों का दमन करते हैं, वे अपने व्यक्तित्व को गलत रास्ते पर ले जा रहे हैं। वैरागियों ने उपदेश दिया था कि सेक्स का सम्पूर्ण दलन ही मनुष्य को उत्तम बनाता है। मनोविज्ञान से लोगों ने यह शिक्षा निकाली है कि सेक्स की निर्बंध अभिव्यक्ति के बिना मनुष्य का चौकोर विकास असम्भव है। पुरुष को देखकर नारी के मन में और नारी को देखकर पुरुष के मन में रंगीन तरंगें उठती हैं। वैरागी कहता था, इन तरंगों को रोक दो। मनोवैज्ञानिक कहते हैं, रोकने से ये तुम्हारे व्यक्तित्व में कुंठा उत्पन्न करेंगी, इसलिए इन्हें रोको नहीं, अभिव्यक्त होने दो। अब वैरागी पर मनोवैज्ञानिक की विजय होने लगी है और बहुत-से लोग मानने लगे हैं कि मुक्त सेक्स-जीवन ही सहज और श्रेष्ठ है।

किन्तु मुक्त सेक्स-जीवन का अर्थ क्या है? निरे शारीरिक अर्थ में सेक्स को जो महत्त्व दिया गया है, वह अत्यन्त अतिरंजित है। लोग यदि यह मानने लगें कि सेक्स का शारीरिक उपभोग जितना ही अधिक किया जाए, मनुष्य उतना ही अधिक पूर्ण हो जाता है, तो मेरे खयाल में इससे अधिक गलत बात और कोई नहीं हो सकती। बहुत-से उपन्यासकार सेक्स और प्रेम को पर्याय बनाकर दिखलाते हैं। किन्तु वे क्या सचमुच ही पर्याय हैं? सेक्स की अनुभूति शारीरिक अनुभूति होती है। किन्तु प्रेम की अनुभूति में शारीरिक, मानसिक और आध्यात्मिक–तीनों अनुभूतियाँ समन्वित रहती हैं। मनोविज्ञान ने जो यह कहा है कि प्रेम की अनुभूति जीवन की सबसे बड़ी अनुभूति है, उसका अर्थ यह नहीं है कि सेक्स का सुख ही जीवन का सबसे बड़ा सुख है। यदि बात यही होती तो, बड़े काव्य वे लिखते, जो दिन-रात विलास-पर्यंक पर लेटे रहते हैं और बड़ी लड़ाइयाँ वे जीतते, जो सब कुछ छोड़कर लड़कियों के पीछे भागते फिरते हैं। किन्तु बात ऐसी नहीं

है। कालिदास ने 'कुमारसम्भव' तब लिखा होगा, जब वे विलास से बहुत दूर रहे होंगे और 'मेघदूत' की रचना के समय तो स्पष्ट ही सहधर्मिणी उनके साथ नहीं थी। मनुष्य के पास ही इंजिन है, जिसका नाम सेक्स अथवा सेक्स की शक्ति है। अब इस इंजिन से चाहे वह खेत जोत ले अथवा विमान में चढ़कर ऊपर उड़ जाए। सेक्स की अनुभूति में मात्रा नहीं, गुण का महत्त्व है; प्रसार नहीं, घनत्व की महिमा है। व्यक्तित्व के विकास में प्रेम सहायक होता है, सेक्स नहीं। सस्ते ढंग से हर जगह शारीरिक धरातल पर सेक्स की निरन्तर अभिव्यक्ति करते फिरने की अपेक्षा तो युवकों और युवतियों के लिए यह कहीं श्रेष्ठ है कि वे सेक्स को अभिव्यक्ति दें ही नहीं। इससे उनके व्यक्तित्व का तनिक भी ह्रास नहीं होगा। ह्रास उनका तभी हो सकता है, जब वे मन और आत्मा के जाग्रत हुए बिना शारीरिक मिलन में प्रवृत्त होते हों।

काम तन में तो रहता ही है, कभी-कभी उसका निवास मन में भी हो जाता है। तन का काम, स्वाभाविक प्रवृत्ति; किन्तु मन का काम रोग है। यह भी कि तन के काम की आवश्यकता सीमित होती है; किन्तु मन का काम निःस्सीम होता है। तन का काम अपनी आवश्यकता से आगे नहीं बढ़ता; किन्तु मन का काम उसका केवल अतिक्रमण ही नहीं करता, वह नकली आवश्यकताओं को भी जन्म देता है। तन का काम बस में लाया जा सकता है, किन्तु मन का काम काल्पनिक होने के कारण पकड़ में नहीं आता। मसल मशहूर है कि भय की अपेक्षा भय की कल्पना अधिक भयानक होती है। सेक्स भी शरीर के धरातल पर साध्य, किन्तु दिमाग में घुस जाने पर असाध्य हो जाता है। और समाज को देखिए कि शारीरिक प्रवृत्ति पर सर्वत्र रोक लगाकर वह दिमागी सेक्स को कितनी उत्तेजना दे रहा है!

किन्तु प्राचीन नैतिकता के सामने इतनी ही कठिनाइयाँ नहीं हैं। लोग सेक्स और प्रेम के बीच के बारीक भेद को समझें या न समझें; किन्तु वे इतना तो समझ ही गए हैं कि सेक्स पाप नहीं है। और उन्हें यह भी ज्ञात हो गया है कि सेक्स का कविता, कला, सुप्रसन्न वैवाहिक जीवन एवं जीवन की अन्य कई ऊँची उपलब्धियों से प्रगाढ़ सम्बन्ध है। विशेषतः

साहित्य और कला की प्रेरणा उस मनोदशा से आती है, जिस मनोदशा की अनुभूति मनुष्य पूर्वराग के समय करता है। जिस समाज में पवित्रतावाद और वैराग्य का प्राधान्य होता है, उसमें और चाहे जो भी प्रतापी लोग उत्पन्न हो जाएँ, बड़े कवि और बड़े कलाकार उत्पन्न नहीं होते। यह समझना तो निरी भ्राँति है कि जीवन में जितनी भी अच्छी बातें हैं, वे सेक्स से उत्पन्न होती हैं, किन्तु यह ठीक है कि जीवन को रंगीन और समृद्ध बनानेवाले कितने ही कार्य हैं, जो उस समाज में अच्छी तरह नहीं किये जाते, जहाँ सेक्स की स्वाभाविकता का प्रचलन नहीं है; जहाँ नर-नारी के मिलन पर पहरा देने की परिपाटी है।

मैं जिस प्रेरणा की ओर संकेत कर रहा हूँ, वह शारीरिक मिलन की प्रेरणा नहीं, प्रत्युत वह अदृश्य लहर है, जो नारी से उठकर नर को छूती है और नर से उठकर नारी को। यह वह आनन्द है, जो फूलों के पास बैठने में मिलता है; यह वह आह्लाद है, जो फूलों को अपनी प्रशंसा सुनने से प्राप्त होता है। कला को प्रेरणा वही समाज दे सकता है, जहाँ नारियाँ नरों की पहुँच से बिलकुल तो नहीं, फिर भी कुछ दूर होती हैं। प्राप्ति कठिन, पर उद्योग कठिन नहीं–जहाँ यह वातावरण होता है, कला वहीं स्फुरणाओं से भरी रहती है। वैज्ञानिक के लिए यह लाभदायक है कि उसका सेक्स तृप्त रहे, किन्तु कलाकार को यदि तृप्ति मिल गई, तो उसकी शक्तियाँ अवरुद्ध हो जाएँगी। किन्तु भारत में दुर्भाग्यवश यह स्थिति नहीं रही। अन्य देशों की तरह यहाँ भी नरों में बहुपत्नीत्व की भावना अत्यधिक तीव्र रही है। इस देश में भी एक पत्नी तक सीमित अक्सर वही रह पाता है, जो अपेक्षाकृत गरीब है, जिसके भीतर धार्मिक भाव हैं, जिसे मेहनत से ज्यादा अवकाश नहीं मिलता और जिसकी पत्नी कुछ थोड़ा पहरा भी रख सकती है। जहाँ यह स्थिति नहीं होती, वहाँ पुरुष का मन प्रायः नई हरियाली की ओर आँख उठाने को मजबूर हो जाता है। पुरुषों में रोमांस के लिए जो तृष्णा उठती है, उसका आंशिक समाधान इस देश में वेश्याएँ करती रही हैं। फिर भी प्राचीन नैतिकता के पोषक लोग यह मानने को तैयार नहीं हैं कि वेश्या-प्रथा का जन्म, पालन और विकास प्राचीन नैतिकता के कारण सम्भव हुआ है।

आज की स्थिति यह है कि सेक्स का ज्ञान बहुत ही सुलभ हो गया है और अधिकांशतः युवक सेक्स के सुख को गर्हित नहीं मानते। मेरे जानते इस पर रोना-पछताना व्यर्थ है। यदि इसके अधम पक्ष को ही लें, तब भी यह अधिक उत्तम है कि लोग ज्ञान के प्रकाश में विनष्ट हो जाएँ, बनिस्बत इसके कि वे अज्ञान के अँधेरे में विनसें। शास्त्रों की अवज्ञा हो जाने के कारण सेक्स का जो पाप-भाग था, वह भागने लगा है। और सबसे बड़ा भय जो गर्भ को लेकर था, उसे गर्भ-निरोधक यंत्रों ने जीत लिया है। अब तो यह पूर्ण रूप से सम्भव दीखता है कि नारियाँ, चाहें तो पुत्र केवल अपने पतियों से ही उत्पन्न करवा सकती हैं। फिर भी, सती की तुलना में असती नारी आज भी हीन है और वह सदैव हीन रहेगी। किन्तु इतना हुआ है कि अब वह घृण्य नहीं रही, न सतीत्व की प्रामाणिकता अब उतनी आसान है, जितनी पहले थी।

प्राचीन नैतिकता के अन्दर चाहा यह जाता था कि विवाह के पूर्व तक युवक और युवती, दोनों को सेक्स के अनुभव से मुक्त रहना चाहिए। किन्तु आर्थिक कारणों और जीवन के ढंग बदल जाने से अब विवाह विलम्ब से किये जाते हैं। यहाँ भी आज तक कौमार्य की शर्त नारियों के लिए जितनी कड़ाई से बरती गई है, उतनी कठोरता से नरों के लिए नहीं। किन्तु गर्भ-निरोधक यंत्रों के प्रचलन से इस मामले में भी नारियों की कठिनाई दूर हो गई है। अब नारियाँ यदि यह कहें कि जब वर अक्षतता का धर्म पालन नहीं करता, तो वधू पर ही यह कठिनाई क्यों लादी जाए, तो इसका कोई न्यायसंगत उत्तर नहीं दिया जा सकता।

भारत में बाँध अभी तक नहीं टूटा है। यहाँ की नई पीढ़ी में भी थोड़े-से शिक्षित नागरिक ही अभी नई नैतिकता से प्रभावित हो सके हैं और उनके अन्तर्मन में भी अभी तक पुरानी नैतिकता का भय वर्तमान है। किन्तु बाढ़ इंच-इंच ऊपर उठती जा रही है और यह देश भी उस नैतिक संघर्ष में पड़नेवाला है, जिसमें पड़कर कई अन्य देशों में प्राचीन नैतिकता हार चुकी है; रूस और स्वीडन में सेक्स की आजादी इतनी दूर तक जा पहुँची है कि वहाँ गर्भपात कोई अपराध नहीं है, न वहाँ के समाज में अविवाहित माताओं की कोई अवज्ञा होती है, न अज्ञातनामा

पिताओं की संतानों को कानून कोई हानि पहुँचाता है। स्वाधीनता की लहर में कुछ चिन्तक यहाँ तक मानने लगे हैं कि मनुष्य को पूरी स्वतंत्रता का आनन्द तब प्राप्त होगा, जब सेक्स शरबत या चाय के समान आसानी से सुलभ हो जाए। उस पर तुर्रा यह है कि साम्यवाद जहाँ भी पहुँचता है, वह वेश्या-प्रथा को पहले ही दिन समाप्त कर देता है। वेश्या-प्रथा की समाप्ति वास्तव में प्राचीन नैतिकता की ही समाप्ति है, क्योंकि इस प्रथा के समाप्त हो जाने पर प्राचीन नैतिकता आप-से-आप टूट जाती है।

बर्ट्रेंड रसल का कहना है कि मर्द अपने बच्चे का सही बाप है या नहीं, जब इस विषय का खतरा जाता रहा, तब मर्दों को औरतों के आनन्द में बाधा पहुँचाने की बात क्यों सोचनी चाहिए? क्यों नहीं वे अपनी पत्नियों के मित्रों को उसी भाव से घर के भीतर आने दें, जैसे पहले के बादशाह हिजड़े मर्दों को जनानखानों में निश्चिन्त जाने देते थे?

किन्तु तब भी एक शंका तो बच ही जाती है। क्या गर्भ-निरोधक यंत्रों के भरोसे पुरुष निश्चिन्त हो सकता है और उसे अपनी पत्नी की सत्यता पर पूरा विश्वास होगा? नैतिकता नई हो या पुरानी, उसे चलाने में कठिनाइयाँ समान हैं।

इस विषय में जितने भी समाधान प्रस्तावित हुए हैं, उनमें रसल साहब का समाधान मुझे सबसे कम दुःखदायी लगता है। रसल नास्तिक और बुद्धिवादी चिन्तक हैं, किन्तु व्यभिचार पर लगाम देने के भी उतने ही पक्षपाती हैं, जितने प्राचीन नैतिकता के समर्थक लोग। दोनों के बीच भेद केवल यह है कि प्राचीनतावादी लोग अज्ञान और दासता का सहारा लेते हैं, किन्तु रसल वैयक्तिक स्वातन्त्र्य को अक्षुण्ण रखना चाहते हैं। उदाहरणार्थ, प्राचीनतावादी लोग चाहेंगे कि सेक्स का ज्ञान देनेवाली सारी पुस्तकें जला दी जाएँ अथवा वे ऐसी अलमारियों में बन्द कर दी जाएँ, जहाँ युवक नहीं जा सकते। इसी प्रकार उनका दूसरा समाधान यह होगा कि नारियाँ फिर से नरों की संगति से हटाकर घरों में बन्द कर दी जाएँ। किन्तु ये काम अब क्या हो सकते हैं? और यदि वे सम्भव भी हों, तो भी क्या यह सुकर्म होगा? अतएव रसल का कहना है कि वैयक्तिक स्वातन्त्र्य का

अपहरण न किया जाए, न युवकों से सेक्स की जानकारी ही चुराकर रखी जाए। इससे अच्छा तो यह होगा कि सेक्स-विषयक ज्ञान युवकों को सुचिन्तित ढंग से दिया जाए, जिससे वे दूध से पानी को अलग कर सकें अर्थात् यह समझ सकें कि सेक्स का सदुपयोग और दुरुपयोग कैसे किया जाता है।

नर-नारी मिलन में सबसे अधिक महत्त्व प्रेम का है। अतएव नर-नारियों के बीच वह गम्भीर प्रेम अधिक-से-अधिक विकसित होना चाहिए, जिससे आलिंगन-समुद्र में दोनों के सम्पूर्ण व्यक्तित्व पूर्ण रूप से निमग्न हो जाएँ और उस मिलन से दोनों के व्यक्तित्व अधिक पूर्ण, अधिक समृद्ध और अधिक सुखद बनते चले जाएँ।

महत्त्व की दूसरी बात यह है कि बच्चों को कोई भी शारीरिक या मनोवैज्ञानिक कष्ट न हो। यदि यह नहीं हुआ, तो नई नैतिकता राक्षसों की नैतिकता कही जाएगी।

किन्तु प्रेम में सबसे बड़ी कठिनाई ईर्ष्या को लेकर उठती है और दुर्भाग्यवश प्राचीन नैतिकता ईर्ष्या को अपनी सहेली मानती है। अच्छे-भले दम्पति में भी ईर्ष्या का कोई पतला भाव बराबर मँडराता रहता है और ईर्ष्या के द्वारा ही वे एक-दूसरे को मानो जेल में बिठाए रहते हैं। पति-पत्नी यदि एक-दूसरे के प्रति इतने आसक्त हैं कि उनमें से कोई भी घेरे के बाहर वाले मुख पर लोभ की दृष्टि नहीं डालता, तो यह बहुत अच्छी बात है। श्रेष्ठ तो वे ही गिने जाएँगे, जो एक-से तृप्त हैं, जो सेक्स को शरीर तक ही सीमित रखकर उसे दिमाग पर चढ़ने नहीं देते अथवा जो सेक्स की धारा को पचाकर ऊर्ध्वरेता होकर ऊपर उठ रहे हैं। किन्तु उनमें से कोई यदि फिसल जाए, तो इस फिसलन पर भयानक कांड उपस्थित कर देना बुद्धिसंगत नहीं दीखता। इसे भी आपद्धर्म मानकर परस्पर ही बर्दाश्त कर लेना चाहिए। और यह भी उचित नहीं है कि ईर्ष्या और शंका से प्रेरित पति पत्नी को और पत्नी पति को अन्य नर-नारियों से मिलने न दे। ईर्ष्या, शंका, भय, मनाही और एक-दूसरे की स्वतंत्रता में हस्तक्षेप—इन दुर्वृत्तियों के आधार पर अच्छे दाम्पत्य का महल खड़ा नहीं किया जा सकता।

ईर्ष्या ही वह चट्टान है, जिस पर प्राचीन नैतिकता टूट रही है। ईर्ष्या यदि न जीती गई, तो इसी चट्टान पर नई नैतिकता भी टूट जाएगी। अतएव मुख्य प्रश्न आत्मदमन का है, ईर्ष्या पर विजय स्थापित करने का है। आत्मदमन तो नई नैतिकता के लिए भी उतना ही आवश्यक होगा, जितना पुरानी के लिए था। किन्तु आत्मदमन अब हमें इसलिए चाहिए कि हमें दूसरों की आजादी में दखल नहीं देना है, इसलिए नहीं कि हमें अपनी आजादी को कम करना है।

[1957 ई.]

काम-चिन्तन की कणिकाएँ

1

बहुत-सी नारियाँ इस भ्रम में रहती हैं कि वे प्यार कर रही हैं। वास्तव में वे प्रेम किये जाने के कारण आनन्द से भरी होती हैं। चूँकि वे इनकार नहीं कर सकतीं, इसलिए यह समझ लेती हैं कि हम प्रेम कर रही हैं। असल में यह रिझाने का शौक है, हलका व्यभिचार है। प्रेम का पहला चमत्कार व्यभिचार को खत्म करने में है, पार्टनर के भीतर सच्चा प्रेम जगाने में है।

2

ऐसी औरतें हैं, जिन्होंने प्रेम किया ही नहीं है। लेकिन ऐसी औरतें कम हैं, जिन्होंने प्रेम केवल एक ही बार किया हो।

जब प्रेम मरता है, तब बची हुई चीज ग्लानि होती है, पश्चात्ताप होता है।

प्रेम आग है, जलने के लिए उसे हवा चाहिए। आशा और भय के समाप्त होते ही प्रेम समाप्त हो जाता है।

सुखमय विवाहित जीवन सम्भव है। स्वादमय विवाहित जीवन सम्भव नहीं है।

प्रेम का नाम नहीं सुनते, तो बहुत-से लोग हैं, जो प्रेम में नहीं पड़ते। कवियों और उपन्यास-लेखकों ने प्रेम का प्रचार किया है।

3

औरतें अपनी वासना को काबू में ला सकती हैं, मगर अपनी रिझाने की प्रवृत्ति को वे रोक नहीं सकतीं।

प्रेम में पागल हो जाना किसी हद तक ठीक है, बेवकूफ बनना बिलकुल ठीक नहीं है।

4

ऐसी सती नारियाँ कम हैं, जो अपने जीवन को बेस्वाद नहीं मानती हों। ये नारियाँ उस खजाने के समान हैं, जो सुरक्षित इसलिए हैं क्योंकि वह गड़ा हुआ है यानी इसलिए कि उसका पता किसी को चला ही नहीं है। ज्यों-ज्यों नर-नारी के मिलन के अवसरों में वृद्धि हुई है, त्यों-त्यों सती नारियों की संख्या में ह्रास हुआ है। पुरानी नैतिकता तभी बचाई जा सकती है, जब नर और नारी के मिलन के अवसर कम कर दिये जाएँ। नारी अग्नि है, पुरुष घृत-कुंभ है। दोनों के अलग रहने में ही पुरानी नैतिकता का कल्याण है।

5

आदि कांड में नारी प्रेमी से प्रेम करती है। उसके बाद वह प्रेमी से नहीं, प्रेम से प्रेम करने लगती है।

प्रेम और सतर्कता, ये साथ नहीं चल सकते। जैसे-जैसे प्रेम में वृद्धि होती है, सतर्कता खत्म होने लगती है।

6

जो समाज अपनी औरतों को परदों में बन्द रखता है और जो समाज उन्हें घूमने-फिरने की आजादी देता है, उन दोनों की कविताएँ अलग-अलग ढंग की होंगी।

सुन्दरता के बारे में तर्क जितना ही अधिक किया जाएगा, उसकी अनुभूति उतनी ही कम होगी।

7

सुखी प्रेम का इतिहास नहीं होता। प्रेम का इतिहास रोमांस का इतिहास है और रोमांस तब जन्म लेता है, जब प्रेम में बाधा पड़ती है, रुकावट आती है, विशेषतः तब, जब प्रेम दुःखान्त होता है। जिस प्रेम में आतुरता है, तेजी है, छटपटाहट और बेचैनी है, वह विपत्ति लाकर रहेगा।

कहते हैं, यूरोप और अमरीका में व्यभिचार सबसे बड़ी प्रवृत्ति है। व्यभिचार न हो, तो कविता और उपन्यास में क्या रह जाता है? सारा साहित्य उस प्रेम के इर्द-गिर्द चक्कर काटता है, जो नियमों का पालन करना नहीं जानता। मनुष्य जाति की आधी से अधिक विपत्तियों का नाम व्यभिचार है।

विवर्जित के प्रति आकर्षण है, इसलिए विवाह टूटते हैं। लेकिन विवर्जित के प्रति आकर्षण में दुःख है, यह जानते हुए भी आदमी संत्रास को स्वेच्छया क्यों अपनाता है?

8

प्रेमी अपराध करके न तो सुधार की कोशिश करते हैं, न पश्चात्ताप। कारण? उनका अन्तर्मन कहता है कि उन्होंने पाप नहीं किया है। पाप और पुण्य की सीमा को लाँघकर वह आनन्द लूटा है, जो आनन्द पाप और पुण्य की सीमा के इधर है ही नहीं। अवैध प्रेम में प्रेम की पात्री नायिका नहीं होती, बल्कि यह अनुभूति होती है कि हम प्रेम कर रहे हैं। नारी नर को और नर नारी को इसलिए नहीं चाहता कि वे नर और नारी हैं, बल्कि इसलिए कि दोनों के मिलते ही एक ज्वाला उठती है, जो केवल नर या केवल नारी में नहीं उठ सकती।

रुकावट के बिना प्रेम में जोर नहीं आता, रोमांस की आग नहीं धधकती। जहाँ असली रुकावट नहीं है, वहाँ उसकी कल्पना कर ली जाती है। प्रेमियों के प्रति दया हमारे भीतर यह सोचकर आनी चाहिए कि अन्त में विपद उनका इन्तजार कर रही है।

वासना शरीर का चाहे जितना भी उपयोग करे, किन्तु शरीर के कानून को तोड़कर वह जीवित नहीं रह सकती। यूनानी और रोमन लोग इसीलिए प्रेम को बीमारी समझते थे।

9

वासना को शब्द और भाषा साहित्य से मिली है। अगर साहित्य ने प्रेम पर इतनी बातें नहीं कही होतीं, तो कम लोग इस जंजाल में फँसते। गेटे के 'वर्दर' के प्रकाशन के बाद यूरोप में आत्महत्या की लहर आ गई थी। रूसो

के प्रभाव में आकर लोग दूध ज्यादा पीने लगे थे। रेने के प्रकाश में आने के बाद कई पीढ़ियाँ गमगीन रही थीं। सुना है कि एक बार कलकत्ता में एक फिल्म का इतना भयानक प्रभाव पड़ा कि कई लड़कियों ने झील में कूदकर आत्महत्या कर ली थी। उस फिल्म का नाम 'देवदास' था।

10

मैं तो भाग्य की ठोकरें खाकर अध्यात्म की ओर मुड़ा हूँ, मगर यह देवी शायद सुख से ऊबकर अध्यात्म की ओर जा रही है। लेकिन वह अभी काम और अध्यात्म के बीच झटके खा रही है; कोई ऐसा मार्ग खोज रही है, जो अध्यात्म का मार्ग हो, लेकिन काम का विवर्जन उससे नहीं होता हो। अध्यात्म की सुनी-सुनाई बातें वह जोर से दुहराती रही और खोद-खोदकर यह पूछती रही कि विवाह-बाह्य प्रेम हो जाए, तो पाप उसे क्यों माना जाना चाहिए? मालूम होता है, उसे जब कोई युवक अच्छा लगता है, तब इतने से ही यह द्वन्द्व उसे सताने लगता है।

वह पूछने लगी, एक नारी दो नरों को प्यार कर सकती है या नहीं? एक नर दो नारियों को प्यार कर सकता है या नहीं? मन तो आप-से-आप खिंच जाता है, उसे समेटें तो कैसे? और यह समेटना ही क्या पुण्य है? लड़की का हाथ मैं अपने हाथ में ले सकती हूँ। लड़के का हाथ अपने हाथ में लेने से मन क्यों घबराता है? बीहड़ प्रश्न!

मैंने कहा, यूरोप में चूमना भी दोष नहीं माना जाता। भारत में मात्र हेरने से शंका उत्पन्न हो जाती है। द्वन्द्व व्यक्ति की तरंग और समाज के नैतिक बन्धन का है। अध्यात्म के बारे में मैं ठीक-ठाक नहीं बता सकता, लेकिन धर्म तो खुल्लमखुल्ला समाज के नैतिक विधान के पक्ष में है। मगर अब मनोविज्ञान का राज चलने लगा है। मनोविज्ञान की शिक्षा है कि जान-बूझकर फैलने की कोशिश मत करो, जान-बूझकर सिकुड़ने की भी कोशिश मत करो। लेकिन याद रखो कि बार-बार की परीक्षाओं के बाद भी विवाह की प्रथा सही पाई गई है और विवाह के अपने कानून हैं। जिस

बात से पति या पत्नी को शंका हो, चिन्ता हो, शिकायत हो, वह बात चल नहीं सकती।

मुश्किल यह है कि अब मिलने-जुलने के इतने साधन निकल आए हैं कि पुरानी नैतिकता के लिए संकट खड़ा हो गया है। और जो नैतिकता इस नई दुनिया से मेल खाती है, वह नैतिकता है ही नहीं। उपन्यासों में सेक्स की समस्या का चित्रण जिस रूप में किया जा रहा है, उससे तो यही शिक्षा निकलती है कि पति और पत्नी को परस्पर सहनशील होना चाहिए। जिस नाव में औरत बैठी है, उसी नाव में मर्द भी है।

देवी ने पूछा, 'इस विषय में श्री अरविन्द की राय क्या है?'

मैंने कहा, 'उनका निश्चित मत था कि उनका योग नर-नारी समागम के साथ चल नहीं सकता।' श्री अरविन्द-आश्रम में सेक्स की मनाही है। लेकिन 'इवनिंग टाक' में कहीं उन्होंने अपने शिष्यों से कहा था कि नर-नारी सम्बन्ध का विषय अत्यन्त निगूढ़ है। उसे तुम अभी नहीं, आगे चलकर समझोगे। श्री अरविन्द से किसी ने पर-स्त्री-गमन के विषय में भी पूछा था। उन्होंने कहा, 'यह तो अपनी स्त्री के साथ समागम से भी खराब है।'

इसके विपरीत, महर्षि रमण ने एक भक्त के बार-बार के प्रश्न से आजिज होकर कहा था, 'अगर तुम इस विषय में निरन्तर सोचते रहना नहीं छोड़ सकते, तो अच्छा है कि कर ही डालो और इस बार-बार के सोचने से मुक्त हो जाओ।'

मैंने कहा, 'मन का सेक्स बहुत ही खराब चीज है, तन का सेक्स उतना बुरा नहीं माना जा सकता।'

देवी ने इस सूक्ति को नोट कर लिया। मैंने अपने जीवन का एक अनुभव उसे सुनाया और कहा कि उस महिला को मैं हमेशा पवित्र मानता आया हूँ।

मैंने उसके मन पर यह बात बिठाने की कोशिश की कि अध्यात्म का मार्ग ठीक-ठीक वही मार्ग नहीं हो सकता, जिस पर विषयी लोग चलते हैं। दूसरों के स्खलन के प्रति उदार रहो, मगर खुद स्खलन से बचो, यही संतों का दृष्टिकोण है।

11

बारहवीं सदी में फ्रांस में प्रेम आदर का विषय था और प्रेमी इज्जत से देखे जाते थे। इसी कारण साहित्य में एक परम्परा बन गई, जिसका वर्तमान रूप यह है कि नैतिकता की दृष्टि से वासना उत्तम वस्तु है। वासना के लिए यह तनिक भी आवश्यक नहीं है कि वह सामाजिक रस्म-रिवाज या आचरण का ध्यान रखे। जो भी व्यक्ति उद्दामता के साथ प्रेम करता है, वह औसत आदमियों के झुंड में से उठकर उन उन्नत लोगों के बीच पहुँच जाता है, जिनकी संख्या थोड़ी है और जो पाप और पुण्य के पचड़े से निकल गए हैं। यही परम्परा अब सिनेमा में घुसकर ध्वंस फैला रही है। वासना पुण्य और पाप से अलग स्वतंत्र अनुभूति का विषय बन गई है और सिनेमा से शिक्षा यह निकल रही है कि प्रेम आचारों से मुक्त होता है। लेकिन यह मुक्ति नहीं है। आदमी मुक्त तभी होता है, जब इन्द्रियाँ उसके वश में आ जाती हैं।

सिनेमा और साहित्य का सस्ता सुयश यह बतलाता है कि मानवता प्रेम के मारे बीमार है।

12

रोमांटिक मर्द किस नारी की ओर जाना चाहता है? उस नारी की ओर, जो सभी नारियों में छिपी विचित्रता का सार है; जो आकर भी नहीं आती है, जो आलिंगन में बँधने पर भी स्पर्श से दूर है, जो आकांक्षा जगाकर उसे तृप्त करने से भागती है, जो शैया में होकर भी पूर्ण रूप से वहाँ नहीं होती, 'जो सपने के सदृश बाँह में उड़ी-उड़ी आती है; और लहर-सी लौट तिमिर में डूब-डूब जाती है।'

प्रियतम को रख सके निमज्जित जो अतृप्ति के रस में;
पुरुष बड़े सुख से रहता है उस प्रमदा के वश में।

13

नर और नारी अपने माशूक को अवैध मार्ग पर ले जाना चाहते हैं, जिससे उन्हें प्रेम के लिए प्रेम का सुख मिल सके। आनन्दातिरेक भी अब एक तरह की सनसनाहट का नाम हो गया है। उसकी कोई मंजिल नहीं है, कोई दिशा नहीं है।

लोग तुलना के भ्रम में पड़े हुए हैं। मेरी बीवी वैसी नहीं है, जैसी दूसरों की बीवी। अरे यार, औरत को कमर तक ढँक दो, फिर सभी औरतें बराबर हैं। और भावना चाहो, तो वह कुरूप नारी में भी मिलती है। रूप के न होने पर भी प्रेम व्यर्थ नहीं होता। प्रेम व्यर्थ होवे रूप बिना?

अगर हर कोई अपने पति या अपनी पत्नी से अतृप्त हो, तो समाज का रूप क्या होगा?

वे जानते नहीं कि जो कुछ उनके पास है, उसका आनन्द कैसे लिया जाए। आनन्द के कल्पित रूप की खोज में वे फूल-फूल पर मँडराते फिरते हैं; किन्तु आनन्द पाने की असली कुंजी उनके पास नहीं है।

जो सबसे जरूरी चीज है यानी वफादारी, उसी को वे कहीं खो आए हैं। वफादारी के मानी ये हैं कि हम अपने पार्टनर को उसकी तमाम अच्छाइयों और बुराइयों के साथ स्वीकार करते हैं, प्रेम को बीच में लाये बिना हम उसे मनुष्य के रूप में ग्रहण करते हैं।

रूस के निहिलिस्ट चिन्तक रोमांटिक थे। उन्होंने विवाह की प्रथा को उड़ा दिया था। किन्तु इससे जो बुराइयाँ फैलीं, उनके खिलाफ लेनिन चिल्लाने लगे और महज सामाजिक उपयोगिता की दृष्टि से विवाह की प्रथा फिर से वापस लाई गई।

14

विवाह को आसान मत बनाओ। अमरीका और यूरोप में प्रेम हुआ नहीं कि लड़का-लड़की विवाह कर लेते हैं। यह काफी नहीं है। विवाह की

सम्भावनाओं के कारण विवाह होना चाहिए। विवाह सोलह आने प्रेम नहीं है। उसमें कर्तव्य का भी पुट होता है।

समाज के स्थायित्व से अधिक महत्त्व व्यक्ति के सुख को देना ठीक नहीं है। विवाह के व्रत का जो महत्त्व है, मनोवैज्ञानिक विलास अथवा रेचन के सिद्धान्त का उससे अधिक महत्त्व नहीं हो सकता।

15

बुद्धि से विवाह की अनिवार्यता सिद्ध नहीं होती। बुद्धि से ब्रह्मचर्य भी अशक्य व्रत है। उसके लिए अमानुषिक शक्ति चाहिए।

विवाह के प्रस्ताव में यह नहीं कहना चाहिए कि तुम मेरी कल्पना की साकार प्रतिमा हो, तुम मेरी कामनाओं की मूर्ति हो, तुम मेरी लैला हो, जिसका मैं मजनू बनना चाहता हूँ। यह कहने से क्या होता है? कल को मर्द का मन अगर भर गया, तो पत्नी से उसे कौन सूत्र बाँधकर रखेगा?

विवाह का उचित प्रस्ताव यह होना चाहिए कि तुम जैसी हो, उसी रूप में मैं तुम्हें स्वीकार करता हूँ और वैसे ही स्वीकार करके मैं तुम्हारे साथ रहूँगा। मैं तुम्हें अपनी जीवन-संगिनी बनाता हूँ। मेरे प्रेम का यही एकमात्र प्रमाण है।

आज के नर-नारी की मुद्रा ऐसी हो गई है कि व्रत को वे आनन्द का शत्रु समझते हैं। व्रत को वे प्राकृतिक नियम नहीं मानते। इसलिए उनकी मान्यता है कि व्रतपूर्ण विवाह अमानुषिक प्रयास के बिना नहीं निभ सकता। जिस आनन्द की वे खोज करते हैं और जीवन का वे जो धर्म समझते हैं, व्रत उसका ठीक प्रतिलोम है। और व्रत को यदि उन्हें पालना ही पड़ा, तो वे समझेंगे कि यह नियम जीवन को अधूरा रखकर ही पाला गया है।

16

छली नायकों के बहाने क्या-क्या हैं?

'इससे क्या होता है? यह तो आती-जाती बात है। इससे क्या तुम्हारे प्रति मेरा प्रेम कम होता है?' अथवा यह कि 'मैं असमर्थ हूँ। यह मेरी वाइटल जरूरत है। नीतियों की परवाह मैं कैसे करूँ?'

यार, ये ही दलीलें यदि नायिका देने लगें, तो तुम पर क्या गुजरेगी?

17

अगर औरतें मर्द के बराबर हो गईं, तो उनका डिमोशन हो जाएगा। वे मर्दों की खोज का विषय नहीं रह जाएँगी, न पुरुषों की पूजा की पात्री।

मगर यह बात जरूर है कि प्रेम समानों के बीच होता है और वह समानता को प्रेरित करता है।

नारी के प्रति हमारा सच्चा प्रेम-निवेदन यह होना चाहिए कि हम उसे समान मानें, मनुष्य मानें और यह सोचना भूल जाएँ कि नारी चाँदनी है, नारी स्वप्न है, नारी गुलाब और जूही है, वह आधी देवी और आधी कामिनी है। सेक्स और स्वप्न को मिलाकर नारी की रोमांटिक कल्पना रोमांटिक लोगों ने की थी। किन्तु नारी का असली रूप वह है, जिसे या तो मार्क्स ने देखा था या गांधी ने।

गांधी नर और नारी को व्रती बनाना चाहते थे। पुरुष जब व्रती होता है, तब नारी उसकी दृष्टि में काम का साधन या प्रतिबिम्ब नहीं रह जाती, वह व्यक्ति बन जाती है। यह वह दृष्टि है, जो कामियों को ज्ञात नहीं। नारी को मोहक और आमंत्रणपूर्ण मानना अपनी ही कामयुक्त कल्पना का प्रक्षेप है।

यदि काम तेजी से जिधर-तिधर को भागता फिरे, तो प्रेम की गति मद्धिम रहेगी। प्रेम जब व्रत लेता है और भागीदार के भीतर व्रत की भावना को जन्म देता है, तभी यह कहा जाएगा कि प्रेम ने अपने को पूर्ण रूप से व्यक्त कर दिया।

जो विवाह में विश्वास करता है, वह प्रथम दृष्टि वाले प्रेम में आस्था नहीं रखता और इस बात में तो बिलकुल ही नहीं कि वासना अदम्य होती है। वासना को अदम्य मानने की जो प्रथा चली है, व्यभिचार को बढ़ावा उसी प्रथा से मिल रहा है।

स्वस्थ और शक्तिशाली शरीर वाले लोग प्रथम दृष्टि में प्रेम का शिकार नहीं होते।

विवाह को भावुकता तथा बर्बर प्रेम का श्मशान मानना चाहिए। यदि बर्बर प्रेम ही प्राकृतिक प्रेम समझा जाए, तो उसकी तगड़ी अभिव्यक्ति बलात्कार में होती है और बलात्कार का अर्थ यह है कि नारी को हम व्यक्ति न मानकर केवल सेक्स की पुतली मानते हैं। बहु-पत्नीत्व और बलात्कार—ये दोनों नारी के व्यक्तित्व का दमन करते हैं।

सुसंस्कृत और सच्चा प्रेमी कभी भी कोई ऐसा कृत्य नहीं करेगा, जो हिंसा है, जिससे भागीदार के व्यक्तित्व का ह्रास होता है।

18

मनोविज्ञान में बहुत-सी फालतू बातों पर भी विचार करते हैं। कहते हैं कि मर्द औरत से इसलिए जलता है कि वह अपने पेट से बच्चा पैदा नहीं कर सकता। और औरत मर्द से इसलिए जलती है कि उसके पास लिंग नहीं है, योनि है।

फैमिनिस्ट आन्दोलन वाली औरतें कहती हैं कि औरत-मर्द का भेद प्रकृति ने नहीं किया, वह मर्दों की रची हुई सभ्यता से प्रचलित हुआ है। औरतें इस सभ्यता को ढाह रही हैं। पोशाक अमरीका में ऐसी चली है, जिसे यूनिसेक्स्वल कहना चाहिए और धंधे भी औरतें ऐसे करने लगी हैं, जो पुरुषों के हैं। इसका परिणाम यह हुआ कि पुरुष औरतों से विरक्त हो रहे हैं और नारियाँ समझती हैं कि कोई संतोष पुरानी सभ्यता में था, जो उन्हें स्वतंत्रता प्राप्त करने के बाद से नहीं मिल रहा है। मर्दों के बारे में कहा जाता है कि वे समलैंगिक हो रहे हैं, विवाह-बाह्य काम का भोग कर

रहे हैं। विवाहिता के साथ वे नपुंसक हो गए हैं। और ये ही दोष औरतों में भी उत्पन्न हुए होंगे।

अगर नर-नारी का भेद सभ्यता का किया हुआ है, तो इस सभ्यता को औरतें बर्दाश्त क्यों करती हैं? असली कारण यह है कि जीव-विज्ञान की दृष्टि से औरतों को प्रकृति ने जिस तरह की बना दिया, वे वैसी ही रहेंगी। वे पुरुष को प्यार करने को बनी हैं, पुरुष के द्वारा प्यार किये जाने को बनी हैं। यह स्वभाव नहीं बदलेगा। सामाजिक आचार बदल सकते हैं, मगर बायलॉजिकल प्रवृत्ति नहीं बदलेगी। औरतें कहती हैं कि फ्रायड ने औरतों को सहानुभूति से नहीं देखा। इसलिए कि फ्रायड ने कहा था, 'एनाटामी इज डिस्टिनी।' शरीर-रचना में जो भेद है, उसी ने औरत को मर्द के अधीन बना दिया।

अत्याचार तो औरतों पर हुए हैं। नौवीं सदी में जर्मनी में एक कानून था। अगर कोई व्यक्ति कम उम्र की लड़की की हत्या कर देता, तो उसे 200 रुपये का जुर्माना होता था। अगर यही हत्या पूर्ण युवा स्त्री की की जाती, तो जुर्माना 600 रुपये होता था। कारण? कारण यह कि युवा स्त्री सद्यःउपयोग की वस्तु थी।

अमरीका में कहा जाता है कि प्रभुत्व कायम रखने की कोशिश में औरतें पतियों को पागल बना देती हैं, माताएँ बेटों को आत्महत्या करने को विवश करती हैं। एक लेखिका ने लिखा है, 'इसके मानी ये हुए कि अमरीकी औरतें बारी-बारी से पति और पुत्र को खाती हैं।'

19

डोस्टावास्की के 'ब्रदर्स कारामाजोव' में पिता कहता है कि औरत बदसूरत होती ही नहीं है। जब मैं सब-रजिस्ट्रार था, मेरा एक दोस्त कैयूम था। वह डिपुटी मैजिस्ट्रेट था। वह भी कहा करता था, खूबसूरत और बदसूरत का भेद बुढ़ापा करता है। जवानी औरत-औरत में भेद नहीं करती।

सभ्यता जब आदिम अवस्था में थी, मर्द के सबसे प्रथम पालतू जीव का नाम नारी था।

यूरोप में मध्यकाल में आकर नारी के प्रति भाव बदला। दरबारों में और बड़े घरानों में नारियाँ देवी समझी जाने लगीं, प्रेम की देवी, ईश्वर की विभा का प्रतीक। नाइट लोग युद्ध में जाते समय अपनी प्रेमिकाओं का रूमाल साथ ले जाते थे। चुम्बन तो किसी-किसी को ही नसीब होता था। मगर यह व्यवहार नाइट अपनी पत्नी से नहीं करते थे, उस नारी से करते थे, जो उन पर मोहित होती थी या जिस पर वे खुद मोहित होते थे। परन्तु राजपूताने में यह प्रथा नहीं थी। वहाँ प्रेम का चिह्न सामन्त अपनी ही पत्नी से माँगते थे। राणा चूड़ावत ने अपनी महारानी का मुंडमाल ही पहन लिया था।

20

अगर औद्योगिक सभ्यता नहीं आई होती, तो औरतों को घर के कामों से छुटकारा नहीं मिलता, न वे नारी-स्वाधीनता-आन्दोलन के लिए समय निकाल पातीं। छाती से दूध पिलाने की प्रथा इसलिए खत्म हो रही है कि औद्योगिक सभ्यता ने शिशुओं के लिए अलग से दूध तैयार कर दिया है।

पश्चिम से जो रिपोर्ट आती है, उससे मालूम होता है कि वहाँ विवाह-पूर्व अनुभूतियाँ अधिकांश को होती हैं और विवाहितों के भीतर भी व्यभिचार बहुत प्रचलित है। बात कहाँ तक ठीक है, कहना मुश्किल है। पहले की सभ्यता में क्या था, यह जानना भी कठिन है। पहले तो समाज में KINSEY होते नहीं थे।

शिक्षा तब और अब

अनुशासन की दृष्टि से प्राथमिक शालाएँ न पहले समस्या थीं, न आज हैं। अतएव उनकी बात नहीं करूँगा। जहाँ तक माध्यमिक शालाओं का प्रश्न है, सुनता हूँ, अब उन छात्रों की संख्या बढ़ गई है, जो नियमित रूप से सभी वर्गों में हाजिर नहीं रहते थे। अपने छात्र-जीवन में यह कसूर मैं भी करता था। लेकिन कसूर मुझे इच्छा से नहीं, विवशता के कारण करना पड़ता था। मेरा गाँव गंगा के उत्तरी तट पर बसा हुआ है और जिस माध्यमिक स्कूल में मैं पढ़ता था, वह मोकामा घाट स्कूल गंगा के दक्षिणी तट पर अवस्थित है। स्कूल में हाजिर होने के लिए रोज गाँव से चलकर घाट तक आना पड़ता था और पैसेंजर या माल जहाज से गंगा पार करना पड़ता था। मेरे गाँव से जहाज-घाट बरसात के दिनों में दो मील की दूरी पर होता था, लेकिन बाकी मौसम में वह चार से पाँच मील तक दूर हट जाता था। दिक्कत यह भी थी कि जिस जहाज से हमें गाँव

लौटना पड़ता था, वह जहाज ढाई बजे दिन में मोकामा घाट से खुल जाता था। लिहाजा जिन लड़कों को गंगा पार जाना होता, वे टिफिन के बाद स्कूल में नहीं रह पाते थे। मैट्रिक के चारों साल मैं हर रोज स्कूल में आधे दिन तक ही पढ़ पाया। यह अनुशासनहीनता की बात थी, लेकिन शिक्षकगण हमारी विवशता से परिचित थे, अतएव हमारी गैरहाजिरी पर ध्यान नहीं देते थे। रेलवे के अधिकारी भी हम लोगों के साथ सख्ती नहीं करते थे। बगल में किताबी बस्ता देखा नहीं कि टिकट माँगना वे छोड़ देते थे।

तब की एक घटना याद आती है, जब मुझे अपने ऊपर कुछ ग्लानि हुई थी। एक दिन हेडमास्टर साहब को घेरकर कई शिक्षक खड़े थे और मैं भी वहीं खड़ा था। सब जानते थे कि हम लोग गंगा पार वाले छात्र हैं, जो टिफिन के बाद स्कूल छोड़ देते हैं। फिर भी एक शिक्षक ने हेडमास्टर से कह ही तो दिया, 'इस लड़के को टिफिन से पहले मैं हर रोज देखता हूँ, किन्तु टिफिन के बाद यह कभी भी दिखाई नहीं देता।' हेडमास्टर साहब ने मुझसे कहा, 'तुम पर मेरा आइडिया खराब हो गया।' बस, इतनी-सी बात से मुझ पर घड़ों पानी पड़ गया। मगर उपाय क्या था? आठ-दस रुपये महीने जुटा पाता, तभी छात्रावास में रह सकता था। निदान टिफिन के बाद गैरहाजिर रहने का सिलसिला बदस्तूर जारी रहा।

लड़कों के बीच आपस में एक बार मार-पीट होने के सिवा स्कूल में अनुशासनहीनता की और कोई घटना हुई हो, ऐसा मुझे याद नहीं आता है। स्कूल में कड़ाई नाम को भी नहीं थी। शिक्षक सभी अप्रशिक्षित थे। पढ़ाई का यह हाल था कि जिस साल मैंने मैट्रिक पास किया, उस साल केवल मैं ही पास हुआ, बाकी मेरे सभी साथी फेल हो गए। ढिलाई और बद-इन्तजामी चाहे जितनी भी रही हो, लेकिन हर विषय की पढ़ाई अंग्रेजी में की जाती थी। भारतीय इतिहास के लिए विन्सेंट स्मिथ की किताब हमारे पाठ्यक्रम में थी, जिसकी भाषा समझने में ही मेरा कचूमर निकल जाता था। यदि यह किताब हिन्दी में रही होती, तो मैं उसे दो महीनों में समाप्त कर दिया होता और सारे तथ्य मेरी जिह्वा पर होते। लेकिन अंग्रेजी में होने के कारण मैं उस पुस्तक पर प्रभुत्व नहीं पा सका।

शिक्षा का माध्यम अंग्रेजी होने के कारण हम किसी भी विषय पर आत्मविश्वास के साथ नहीं बोल सकते थे और मन में बराबर यही हीन भावना बनी थी कि हमारी अंग्रेजी कमजोर है। आर्यसमाज और सनातन धर्म के आन्दोलनों की सभाओं में जाते रहने के कारण कुछ छात्रों में भारतीयता की चमक दिखाई पड़ती थी, मगर बाकी सारे छात्र भारतीयता की आभा से हीन थे और यही हाल शिक्षकों का भी था। वैसे तो सभी लड़के धोती ही पहनते थे, किन्तु प्रवृत्ति उनकी साहब बनने की होती थी।

जब शिक्षा का माध्यम अंग्रेजी हो गया, उसका सबसे बुरा परिणाम यह हुआ कि आकर्षण का मूल केन्द्र भारत से बाहर चला गया। शिक्षा का माध्यम बदलकर अब हम उसे देश में वापस लाने की कोशिश कर रहे हैं; किन्तु वह केन्द्र अभी भी भारत में वापस नहीं हुआ है। अंग्रेजी तो हमने सीख ली, लेकिन हमारी आत्मा का दलन हो गया। उस समय की शिक्षा-पद्धति में भारतीयता का बहिष्कार किया जाता था। भारतीयता दुर्गुण समझी जाती थी। उसी शिक्षा-पद्धति के पापों का परिणाम हम आज भी भुगत रहे हैं। उस शिक्षा-पद्धति के कारण जिनकी भारतीयता कमजोर हो गई, ठीक वे ही लोग आज भी भारतीय भाषाओं का विरोध कर रहे हैं।

मैट्रिक में हिन्दी में मैंने विद्यालय में प्रथम स्थान प्राप्त किया था और मुझे 'भूदेव हिन्दी मैडल' नामक एक पदक भी प्राप्त हुआ था। जब मैंने पटना कॉलेज में आइ.ए. में नाम लिखाया, मैंने चाहा कि एक विषय मैं हिन्दी भी रख लूँ। लेकिन प्रिंसिपल हार्न ने मुझे हिन्दी लेने की इजाजत नहीं दी। आइ.ए. पास करने के बाद जब मैं बी.ए. में पहुँचा, मैंने फिर कोशिश की कि एक पेपर मैं हिन्दी ले लूँ। इस बार प्रिंसिपल की जगह पर मिस्टर लैंबर्ट थे। विषाक्त स्वर में उन्होंने कहा, 'भले ही तुम हिन्दी में सर्वप्रथम हुए हो, मगर अंग्रेजी में तो नहीं। हिन्दी भाषा का साहित्य दरिद्र है, मैं इस भाषा को प्रोत्साहन नहीं दे सकता।'

निदान मैंने 'सर्चलाइट' के सम्पादक मुरली बाबू के जरिये तत्कालीन शिक्षामंत्री सर फखरुद्दीन के यहाँ पैरवी करवाई कि हिन्दी मुझे मिल जाए। शिक्षा-निदेशक उस समय मिस्टर फौकस थे। फखरुद्दीन साहब ने मुरली बाबू से कहा, 'क्या करें मुरली, फौकस मानता ही नहीं है!' इस तरह के

थे उस समय के मंत्री और ऐसी थी शत्रुता की नीति, जो हिन्दी के प्रति बरती जाती थी।

उस समय यह नीति नहीं थी कि छात्र मैट्रिक से पहले ही यह तय कर ले कि आगे उसे किस विषय में विशेषता प्राप्त करनी है। विज्ञान की पढ़ाई बहुत कम जगहों पर होती थी और बायोलॉजी पढ़े बिना भी छात्र मेडिकल कॉलेज में प्रवेश पा सकते थे। अब यह रिवाज चला है कि छात्रों को कहा जाता है कि वे तेरह-चौदह वर्ष की उम्र में ही यह तय कर लें कि उन्हें किस विषय की ओर जाना है। डॉक्टर दौलतसिंह कोठारी ने कहीं लिखा है कि यह कुरीति है और इसकी तुलना बाल-विवाह के साथ मजे में की जा सकती है। तेरह-चौदह साल का लड़का अपने भविष्य का निश्चय खुद कर डाले, यह अप्राकृतिक बात है।

पटना कॉलेज में पढ़ाई का बहुत अच्छा इन्तजाम था और हमारे शिक्षक भी बड़े सुयोग्य थे। इसके सिवा पटना कॉलेज का पुस्तकालय भी बहुत समृद्ध था। हाँ, हिन्दी की किताबों की संख्या अधिक नहीं थी। इस अभाव की पूर्ति मैंने आर्य कुमार पुस्तकालय का सदस्य बनकर पूरी की थी।

हम लोग शिक्षकों का बहुत आदर करते थे। इतिहास-विभाग के प्रोफेसर तारापोरवाला को शाम के समय घूमने की आदत थी। उस समय कभी-कभी हम लोग उनके सामने पड़ जाते थे। मगर हम उनसे आँखें नहीं मिलाते थे, क्योंकि मन कहता था, उनसे आँखें मिलाना भी बे-अदबी होगी। लेकिन एक शिक्षक गांगुली महाशय थे, जिनके वर्ग में जूते घिसे जाते थे। कारण शायद यह था कि गांगुली महाशय को पढ़ाना नहीं आता था।

हमारे समय में पटना कॉलेज के प्रिंसिपल अंग्रेज हुआ करते थे। प्रोफेसरों में भी दो-तीन अंग्रेज थे। इन लोगों का कॉलेज में बड़ा दबदबा था। उन दिनों हर 12 दिसम्बर को दरबार-दिवस मनाया जाता था, जब सभी छात्र एक हॉल में एकत्र होते और प्रिंसिपल भाषण देते थे। जिस साल साइमन कमीशन के बहिष्कार का आन्दोलन छिड़ा, दरबार हॉल में खूब जूते घिसे गए। यह शायद पटना कॉलेज में अनुशासनहीनता का पहला दृष्टान्त था, जब प्रिंसिपल समेत सभी प्रोफेसर मंच पर खड़े थे और

लड़के जूते घिसकर शोर मचा रहे थे। प्रिंसिपल मिस्टर हॉर्न लाल-पीले होकर मंच पर घूमते रहे, मगर उन्होंने और कोई कार्रवाई नहीं की। इसी प्रकार, जब पं. मोतीलाल नेहरू के देहान्त का दुःसंवाद हमें मिला, हम वर्ग में थे। हम चुपचाप वर्ग से उठकर बाहर चले आए और प्रोफेसर भी अपने कमरे में लौट गए। दूसरे दिन जब हम कॉलेज पहुँचे, हमसे किसी ने पूछा भी नहीं कि कल तुम वर्ग छोड़कर क्यों चले गए थे।

पटना कॉलेज की दरबार-सभा में जूतों का घिसा जाना आनेवाली अनुशासनहीनता का आदि संकेत था। तब भी 1930 ई. के आन्दोलन में कॉलेजों में अनुशासनहीनता नहीं के बराबर ही रही। जेल जानेवाले छात्रों ने कॉलेज में प्रदर्शन नहीं किया। वे नमक बनाकर या सत्याग्रह में शामिल होकर सीधे जेल गए। अनुशासनहीनता का व्यापक विस्फोट सन् 1942 ई. के आन्दोलन में हुआ और वह फिर दब गया। किन्तु स्वराज्य के बाद जब राजनीतिक दल नाना आन्दोलनों के लिए छात्रों को उकसाने लगे, जब छात्रों के कानों में यह खबर पहुँचने लगी कि अच्छे लोग भी चोर और बेईमान हो गए हैं, जातिवादी और परीक्षाओं के पैरवीकार हो गए हैं तथा न्याय पर अड़े रहनेवाले नेताओं का सार्वजनिक जीवन में टिकना असम्भव हो रहा है, तब छात्रों की धीरता छूट गई। शिक्षा के प्रसार के साथ बेकारी बढ़ी और युवकों ने अनुशासन को ताक पर रख दिया। इसलिए मैं कहता हूँ कि अनुशासनहीनता वह रोग नहीं है जो कल पैदा हुआ और परसों खत्म हो जाएगा। जब तक शासन के कर्णधार नहीं सुधरेंगे, जब तक ईमानदार कर्मचारी धक्के खाते रहेंगे और बेईमानों को तरक्की मिलती रहेगी, जब तक उत्पादन नहीं बढ़ेंगे, जब तक बेकारी पर लगाम नहीं लगेगी, जब तक जातिवाद का जहर नहीं हटेगा, तब तक छात्रों की अनुशासनहीनता भी कायम रहेगी। छात्रों की अनुशासनहीनता केवल छात्रों का रोग नहीं है। वह उस जहर और पाप का बाहरी लक्षण है, जो समाज की पोर-पोर में व्याप गया।

आज की स्थिति को देखते हुए मुझे अपने छात्र-जीवन की बहुत-सी अच्छी बातें याद आती हैं। उस समय जातिवाद का नामोनिशान तक न था, न कॉलेज की परिषदों के चुनाव में कहीं कोई राजनीति थी। विभागाध्यक्षों

के प्रिय पात्र उस समय परीक्षाओं में सबसे अधिक अंक नहीं पाते थे, न कोई विभागाध्यक्ष यह देखकर चिन्तित होता था कि जो लड़का फर्स्ट आ रहा है, वह मेरी जात का नहीं है। परीक्षा देकर हम लोग निश्चिन्त होकर घर चले जाते थे और समय समीप आने पर 'सर्चलाइट' की राह देखते रहते थे कि परिणाम कब घोषित होता है। परीक्षा-भवन में पूरी शान्ति रहती थी और नाजायज तरीकों के दृष्टान्त नहीं के बराबर होते थे। अंक पैरवी से भी बढ़वाए जा सकते हैं, यह बात हममें से कोई नहीं जानता था।

जब मैं कॉलेज में शिक्षक नियुक्त हुआ (सन् 1950 ई.) तब तक भी हालत बिगड़ी नहीं थी। परीक्षाएँ शान्ति के साथ ली जाती थीं और छात्र शिक्षकों के सामने अदब से चलते-फिरते थे। जिस दिन मैंने पहले-पहल वर्ग में प्रवेश किया, एक कोने से आवाज आई, 'आ गए!'

मैं मंच की ओर न जाकर सीधे उस कोने की ओर चला गया, जिधर से आवाज आई थी और बोला, 'हाँ, आ ही गया।' मेरा खयाल है, इतनी-सी बदएखलाकी के बाद छात्रों ने कभी भी मुझे चिढ़ाने की कोशिश नहीं की।

मगर जब सन् 1964 ई. में मैं कुलपति होकर भागलपुर गया, तब तक बातें बहुत खराब हो चुकी थीं। भागलपुर विश्वविद्यालय साधारणतः संयत और शान्त गिना जाता था, किन्तु जब मैं वहाँ पहुँचा, मेरे सुनने में आया कि जो कुलपति मुझसे ठीक पूर्व वहाँ काम करते थे, उन्होंने कई परीक्षकों के खिलाफ कड़ी कार्रवाई कर रखी है। यह भी सुना कि यहाँ परीक्षा के समय अहाते के बाहर लाउडस्पीकरों पर सवालों के जवाब प्रसारित किए जाते हैं। भागलपुर विश्वविद्यालय के बहुत-से कॉलेज देहात में हैं। पता चला कि कई कॉलेज में विश्वविद्यालय की तरफ से जो निरीक्षक भेजे जाते हैं, उन्हें धमकाकर विफल कर दिया जाता है।

विश्वविद्यालयों की समस्याएँ भयानक हो गई हैं और नये विश्वविद्यालयों की समस्याएँ तो और भी भयानक हैं। ससेक्स में जो विश्वविद्यालय खुला था, उसके कुलपति चार वर्ष पहले नियुक्त हुए थे। जब मकान, प्रयोगशाला, छात्रावास, पुस्तकालय–सभी तैयार हो गए, तब ऐलान हुआ कि छात्र अब नाम लिखा सकते हैं। दिल्ली में जवाहरलाल विश्वविद्यालय

इसी तैयारी से बनाया जा रहा है। किन्तु भारत में साधारण रिवाज यह है कि रजिस्ट्रार और कुलपति–इन दो की तख्तियाँ टाँगकर विश्वविद्यालय शुरू कर दिये जाते हैं। इससे छात्रों, शिक्षकों और अधिकारियों, सबको तकलीफ होती है और सबसे ज्यादा तकलीफ कुलपति को होती है, जिसे हर तबके के असंतोष का सामना करना पड़ता है।

विश्वविद्यालय का सुधार कागज पर जितना आसान दिखाई देता है, व्यवहार में वह उतना आसान नहीं है। सभी शिक्षा-शास्त्रियों की राय यह है कि शिक्षा के स्तर को ऊँचा करना है, तो कॉलेजों में भीड़ मत लगाओ। यह बात बुद्धि में भी आती है, किन्तु जनमत इस सुधार के खिलाफ है। वह चाहता है कि जहाँ दस सौ लड़के मुश्किल से समाते हैं, वहाँ पन्द्रह सौ लड़कों के नाम लिख लिये जाएँ। यही हाल परीक्षाओं का भी है। परीक्षा-भवन में चोरी नहीं, सीनाजोरी चल रही है और पहरा देनेवाले शिक्षक कुछ भी करने में असमर्थ हैं। अब तो पहरा देनेवाले शिक्षकों को छुरे भी मार दिये जाते हैं। भागलपुर में मुझे एक बार कोई परीक्षा रद्द करनी पड़ी थी अथवा परीक्षा का केन्द्र बदलना पड़ा था। लेकिन मेरे इस आदेश का विरोध समाज के अग्रणी लोगों ने किया था। विधायक लोग समाज के अग्रणी ही तो होते हैं।

मेरे कुलपति-पद पर आते ही एक जगह लड़कों और गाँववालों में मार-पीट हो गई। उस मामले को मेरे दो हितैषी शिक्षकों ने सँभाल लिया। बाद में जो कुछ मुझे करना था, वह मैंने भी किया। कुलपति की हैसियत से बस इतनी ही अनुशासनहीनता मैंने भागलपुर में देखी। छात्रों और शिक्षकों के साथ मेरे सम्बन्ध बहुत अच्छे रहे। किन्तु यही बात मैं सिंडीकेट के बारे में नहीं कह सकता, न यही कहना सत्य होगा कि सिंडीकेट के एक या अधिक सदस्य मेरे शत्रु थे। सिंडीकेट के प्रत्येक सदस्य के साथ मेरा वैयक्तिक सम्बन्ध बहुत अच्छा था, किन्तु उस विश्वविद्यालय का आन्तरिक तंत्र कुछ ऐसा था कि अधिकारियों और सिंडीकेट के बीच पूरा मेल मुश्किल से बैठता था।

विश्वविद्यालयों में शासन की जो प्रणाली अभी चल रही है, उसमें कुलपति की कई कठिनाइयाँ हैं। सिंडीकेट की प्रवृत्ति विधानसभाओं के

अनुकरण की ओर है। अगर कुलपति केवल सिंडीकेट का सभापति होता और कार्यकारी कुलपति कोई और होता, तो कुलपति के आगे कठिनाई नहीं होती। सिंडीकेट जो कुछ स्वीकार करती, कार्यकारी कुलपति उसे काम में लाता। किन्तु कुलपति सिंडीकेट का सभापति भी होता है और मुख्य कार्यपाल भी। दफ्तर से जितने भी प्रस्ताव आते हैं, वे कुलपति के ही प्रस्ताव समझे जाते हैं। डॉक्टर जाकिर हुसैन का अनुकरण करते हुए मैंने यह चाहा था कि सिंडीकेट के सारे निर्णय सर्वसम्मत हुआ करें। सर्वसम्मति पर पहुँचने के लिए मैं बहस की भी लम्बी छूट देता था। यहाँ तक कि जब मैं ऊब जाता, तब सदन से बाहर निकलकर टहलने लगता और बहस चलती रहती। लेकिन अनुभव यह हुआ कि सर्वसम्मति का सपना केवल सपना है। निदान मैंने यह मोह छोड़ दिया कि कार्यक्रम का कोई प्रस्ताव मेरा अपना प्रस्ताव है। सिंडीकेट जो निर्णय कर लेती, उसे ही मैं अपना निर्णय मान लेता। जब मैंने भागलपुर छोड़ा, तब तक मुझे यह अनुभव हो चुका था कि कार्यक्रम के सभी प्रस्ताव कुलपति को खुद बनाने चाहिए और यह सोचकर बनाने चाहिए कि उनमें से कई सिंडीकेट में पारित नहीं भी हो सकते हैं।

वाइस-चांसलरी करते समय मैंने यह भी महसूस किया कि शिक्षा का स्तर गिर रहा है और मुख्यतः इस कारण गिर रहा है कि विश्वविद्यालय बिना तैयारी के खोले जाते हैं। सन् 1947 ई. में सारे देश में केवल 18 विश्वविद्यालय थे। अब उनकी संख्या 80 के आसपास है। पहले कॉलेज भी कम थे। अब कॉलेज हर जगह खुल रहे हैं–नियमों के विरुद्ध कुलपतियों की मर्जी के खिलाफ और विश्वविद्यालयों की सँभाल के बाहर। कॉलेज की जो प्रबन्ध-समिति होती है, उसका सचिव प्रायः प्राचार्य को तकलीफ देता रहता है और कुलपति इस अन्याय को रोकने के लिए कुछ नहीं कर सकता।

प्रजातंत्र के प्रसार के साथ शिक्षा का प्रसार करना ही पड़ेगा और कॉलेज अभी और खुलेंगे, यद्यपि अधिक कॉलेज अधिक समस्या ही पैदा करेंगे। अभी हम कुल राष्ट्रीय आय का तीन प्रतिशत शिक्षा पर खर्च कर रहे हैं। शिक्षा-आयोग की सिफारिश मानी गई, तो सन् 1986 ई. से हम

कुल राष्ट्रीय आय का छह प्रतिशत शिक्षा पर खर्च करने लगेंगे। मान लीजिए कि उस समय विश्वविद्यालय सँभल जाएँगे और कॉलेजों में भी छात्र-कल्याण की अच्छी व्यवस्था हो जाएगी। मगर झुंड-के-झुंड जो ग्रेजुएट निकलेंगे, उनके लिए काम कहाँ से आएगा? फिर वही बात। जिस वस्तु के अभाव में सारा देश दुखी है, वह वस्तु पैदा करो। उत्पादन बढ़ाए बिना नये रोजगारों की व्यवस्था नहीं की जा सकती। उत्पादन की वृद्धि छात्र अनुशासनहीनता का भी इलाज है। मगर अशान्त वातावरण में उपज बढ़ती नहीं, घटती है।

वाइस-चांसलरी के ऑफर के पहले बिहार सरकार ने मुझे लोक सेवा आयोग का सदस्य बनाना चाहा था, लेकिन आयोग की सदस्यता मैंने स्वीकार नहीं की। जब मैंने कुलपति के पद के लिए स्वीकृति दे दी, मुख्यमंत्री श्री कृष्णवल्लभ सहाय ने मुझसे कहा, 'आपकी सेहत को कमजोर जानकर सरकार ने आपको आयोग में भेजना चाहा था, मगर उसे आपने नहीं माना। अब मेरा शाप है कि आप वाइस-चांसलर हो जाएँ।' सो कृष्णवल्लभ बाबू का शाप मुझे गोली की तरह आकर लगा।

वाइस-चांसलरी करने मैं बड़े शौक से गया था। भागलपुर विश्वविद्यालय मेरे घर का विश्वविद्यालय है। उसने मुझे डॉक्टरेट दिया था। मैं चाहता था कि छह साल भागलपुर रहकर मैं विश्वविद्यालय को एक रूप दे दूँ। उस विश्वविद्यालय के लिए दर्द मेरे कलेजे में अब भी है। वाइस-चांसलरी के लिए मैंने संसद की सदस्यता छोड़ी, मुर्गी-मुर्गा बेचकर एक मोटरकार खरीदी। विश्वविद्यालय के काम में मैं इस मनोयोग से जुटा कि कविता छूट गई, दोस्तों से खत-किताबत बन्द हो गई और प्रायः अध्ययन भी बन्द हो गया। उन दिनों पारिवारिक विपत्ति का खंजर मेरे दिमाग में घूम रहा था। उस पर विश्वविद्यालय के जटिल शासन का बोझ। मुझे बड़े भयानक रूप से ब्लड-प्रेशर हो गया। मुझसे पहले भागलपुर के एक वाइस-चांसलर ब्लड-प्रेशर से मर चुके थे। उनके बाद जो सज्जन आए थे, उन्होंने कुछ सोच-समझकर इस्तीफा दे दिया था। अब विश्वविद्यालय की थाली में तीसरा बैंगन मैं पड़ा था। निदान, जब मैंने यह देखा कि यहाँ टिकना जान को जोखिम में डालना है, तब मैंने इस्तीफा दे दिया और जब

महीनों तक इस्तीफा मंजूर नहीं हुआ, मैं एक दिन बोरिया-बधना बाँधकर पटना चला गया और घर से चांसलर को फोन पर मैंने कहा, 'हुजूर, आप मेरा इस्तीफा मंजूर करें या न करें, मैंने तो अपने-आपको रिलीव कर लिया।' मेरी इस गुस्ताखी के बाद अब और चारा क्या था? मेरा इस्तीफा मंजूर कर लिया गया।

विश्वविद्यालय मैंने सन् 1965 ई. में छोड़ा था। तब से विश्वविद्यालयों की अवस्था और खराब हुई है। पहले छात्र तरह-तरह के आन्दोलन करते थे, अब वे कुलपतियों का घेराव करते हैं, यदा-कदा उनका शरीर-स्पर्श भी करते हैं और अब तो यह भी कहा जा सकता है कि वे कुलपति की हत्या भी कर डालते हैं।

पढ़ाने का काम सबसे सीधा-सादा और मेमने का काम था। अब वह भी खतरनाक हो गया। शिक्षकों और छात्रों के सम्बन्ध बेतरह बिगड़ गए हैं। कॉलेज अब शिक्षकों और छात्रों की संस्था नहीं रहे, छात्र बनाम शिक्षकों की संस्था बन गए हैं। शिक्षा की नीति अब वे नहीं चलाएँगे, जो विशेषज्ञ हैं। वह उनके चलाए चलेगी, जो पढ़ने आते हैं। 'शिक्षा का स्तर और नीचा करो, और नीचा करो', 'परीक्षाओं को और आसान करो, और आसान करो'–ये नारे हैं, जो नौजवानों के मुख से रोज निकल रहे हैं। शिक्षा का स्तर अभी भी बहुत नीचा है। अगर वह और नीचे लाया गया, तो बेकारों की फौज बढ़ेगी और उनकी फौज भी, जिन्हें कोई भी काम सौंपा नहीं जा सकेगा।

बेटे बाप से नाराज हैं कि बाप ने देश की हालत खराब कर रखी है। मेरा खयाल है, पोते इस बात का रोना रोएँगे कि दादा जी ने तो मुल्क में बदइन्तजामी फैलाई थी, मगर पिताजी ने तो देश का पूरा सर्वनाश ही कर दिया।

लोकतन्त्र : कुछ विचार

भारतीय संसद का जो मध्यावधि चुनाव अभी-अभी (1971) पूर्ण हुआ है, उसके ठीक पूर्व की स्थिति संशय और निराश की स्थिति थी। हमारे कई प्रान्तों में संविद सरकारें चल रही हैं। उसी तरह केन्द्र में भी, बिना वैसा कहे हुए, संविद सरकार चल रही थी और दुनिया के कई धन-विमूढ़ देश भारत को 'राइट ऑफ' कर रहे थे यानी अपनी सूची में से भारत का नाम काट रहे थे। उनका खयाल था कि स्थायी देश पाकिस्तान है। भारत विघटित होनेवाला है। मगर चुनाव के बाद हालत पलट गई है। जो देश भारत को 'राइट ऑफ' कर चुके थे, वे अब भारत का नाम मोटे अक्षरों में लिख रहे हैं और दौड़-दौड़कर प्रधानमंत्री श्रीमती इन्दिरा गांधी को बधाइयाँ दे रहे हैं। चिन्ता उनके मन में अब भी है, मगर वह चिन्ता हिन्दुस्तान की नहीं, पाकिस्तान की है।

राज पहले राजे लोग करते थे और सलाह वे सामन्तों, सरदारों और दिलरुबाओं से लेते थे। मगर चार क्रान्तियों ने राजाओं के तख्ते पलट दिये। सन् 1688 ई. की पहली क्रान्ति इंग्लैंड में हुई, सन् 1789 ई. में दूसरी क्रान्ति फ्रांस में हुई, सन् 1917 में तीसरी क्रान्ति रूस में हुई और सन् 1918 ई. में चौथी क्रान्ति जर्मनी में हुई। लोकतंत्र का सम्मिलित इतिहास इन्हीं चार क्रान्तियों का इतिहास है। एशिया में सबसे बड़ी क्रान्ति सन् 1947 ई. में भारत में हुई, यद्यपि उसका क्रम कोई सौ साल पहले से चला आ रहा था। यह क्रान्ति दुनिया की सबसे बड़ी क्रान्ति थी, क्योंकि यद्यपि प्रेरणा इसने संसार की सभी क्रान्तियों से ली थी, किन्तु अन्त में प्रयोग इसने अहिंसा का किया था। यह क्रान्ति केवल राजनीतिक नहीं थी। उसका आरम्भ धर्म की भूमि में हुआ था। उसके कई नेता मानवता के आध्यात्मिक गुरु थे। उस क्रान्ति ने भारत के छह हजार वर्षों के इतिहास को नवीन कर दिया। वह क्रान्ति सांस्कृतिक एवं राजनीतिक मूर्च्छा में पड़े हुए एक विशाल देश को होश में ले आई। शत-वर्ष-व्यापी इस क्रान्ति का सार गांधी जी के अहिंसक प्रयोग में प्रकट हुआ और सारे संसार ने यह अनुभव किया कि मानवता नितान्त कंगाल नहीं हुई है, उसकी आशा अभी शेष है।

अहिंसा लोकतंत्र का मूलाधार है, जिसमें उत्तराधिकार का सवाल गोली नहीं, मत-पेटी से तय होता है। केवल इतना ही नहीं, सफल लोकतंत्र की सारी मुद्रा अहिंसा की मुद्रा होती है, सलाह-मशविरे और विचार-विनिमय की मुद्रा होती है। भीतर जो असंतोष है, उसे बहस के जरिये निकाल दो, जिससे तलवार पर जाने की विवशता न उत्पन्न हो। और सबसे आदर्श संसद वह है, जिसमें बहस करनेवालों की आँखें लाल नहीं होती हैं।

संसार में शासन की जितनी भी प्रणालियाँ प्रचलित हैं, लोकतंत्र की प्रणाली उन सबमें श्रेष्ठ है, किन्तु वह भी आदर्श प्रणाली नहीं है। जो प्रणाली आदर्श है, वह शायद कभी भी व्यवहार में नहीं आएगी। मसलन, अफलातून की यह कल्पना कि राज उनका चले, जो दार्शनिक और संत हैं; अथवा गांधीवादियों का यह स्वप्न कि हम आपको मंत्री बनाना चाहें

और आप उसके लिए तैयार न हों; हम आपको संसद में भेजना चाहें और आपको वह स्वीकार न हो। अभी भी ऐसे व्यक्ति हैं, जो सत्ता के आसन पर बैठने को तैयार नहीं होंगे। लेकिन वह जनता कहाँ है, जो एकमुख होकर एक सज्जन का नाम ले सके? और अगर यह कहा जाए कि जनता को इसके लिए संगठित करना होगा, तो खतरा यह है कि जो लोग जनता के संगठन का बीड़ा उठाएँगे, वे ही उम्मीदवारों का मनोनयन कर देंगे। अतएव, बात घूम-फिरकर वहीं पहुँच जाती है, जहाँ से हम निकलना चाहते हैं।

लोकतंत्र में जब तक स्थायित्व रहता है, तब तक उसके दोषों की चर्चा बन्द रहती है। शासन की अन्य प्रणालियों के साथ प्रजातंत्र की तुलना अनेक बार हो चुकी है और इस तुलना में प्रजातंत्र की जो खामियाँ पाई गई हैं, उन्हें मनुष्य ने पुस्तकालयों में बन्द कर रखा है। मगर एक बार यदि प्रजातंत्र में अस्थिरता दिखाई पड़ी, तो प्रजातंत्र के दोष पुस्तकालयों से निकलकर जनता की जीभ पर चढ़ जाते हैं और समाज में उनकी चर्चा शुरू हो जाती है।

प्रजातंत्र के वे दोष कौन-से हैं?

प्रजातंत्र का सबसे बड़ा दोष यह है कि उसमें निर्णय लेने में विलम्ब होता है और जहाँ निर्णय तुरन्त का तुरन्त लिया जाना चाहिए, वहाँ भी निर्णय आनन-फानन नहीं लिया जा सकता। प्रजातंत्र का अनुशासन ढीला होता है। और कानून उसके उदार होते हैं–इतने उदार कि उनका फायदा अपराधी भी उठाता है। शहरों और देहातों में जो बदअमनी बढ़ रही है, उसका कारण यह है कि कानून उदार हैं और उनकी प्रक्रिया अपराधियों की सहायता करती है। गर्चे जर्मनी और जापान जैसे देश युद्ध के बाद प्रजातंत्र के मार्ग पर चलकर ही सम्पन्न हुए, मगर भारत में तथा एशिया के अन्य देशों में समझा यह जाता है कि उत्पादन में तेजी से वृद्धि डिक्टेटर ला सकता है, जिसकी आज्ञा कठोर होती है और जिसके भय से कारखानों में हड़ताल बहुत कम होती है।

एशिया में बदअमनी प्रजातंत्र की नित्य-संगिनी हो गई। अनेक एशियाई देशों में प्रजातंत्र की मृत्यु से लोगों को खुशी हुई है, क्योंकि

बदअमनी और आजादी के उफान से वे आजिज आ गए थे। जनता सबसे पहले समाज में शान्ति और सुरक्षा चाहती है, मगर अपराधी जब दंडित नहीं किए जा सकते अथवा जब वे ऊँची जगहों पर आदर और सत्कार पाते हैं तब प्रजातंत्र का मुकदमा कमजोर हो जाता है और जनता डिक्टेटर की इन्तजारी करने लगती है। इस प्रसंग में सबसे भयानक स्थिति वह होती है, जब चोरों, उचक्कों और हत्यारों को प्रश्रय शासक-दल के लोग देने लगते हैं और जिन्हें हमेशा जेलों में बन्द रहना चाहिए, उनकी मदद से राजनीतिक पार्टियाँ चुनाव जीतने लगती हैं।

समाजवाद की शान्तिमय प्रगति से प्रजातंत्र मजबूत हो सकता है, मगर उस समाज में शान्ति कब तक टिकी रहेगी, जिसके नेता बिना वाणिज्य-व्यवसाय के धन कमाते हैं और सोचते हैं कि सबका संचित धन तो वे बाँट देंगे, लेकिन उनका अपना संचित धन कोई नहीं बाँटेगा? इस देश में भी शासक-दल के लोग चोरों, कातिलों और डकैतों को प्रश्रय देते देखे गए हैं। जब महँगाई बढ़ती है, जनता में कानोंकान यह चर्चा फैल जाती है कि किसी मंत्री या अफसर ने सेठ से माल खा लिया है और सेठ उसी क्षति-पूर्ति के लिए अपनी चीजों का दाम बढ़ा रहा है। और तो और, अपने देश में नकली दवाइयाँ बेचनेवालों को दंड नहीं मिल पाता, न खाने की चीजों में मिलावट करनेवाले पापी गिरफ्तार किए जाते हैं। अखबारों का हाल यह है कि राजनीतिज्ञों के पीछे वे हाथ धोकर पड़े रहते हैं, मगर नकली दवा बनानेवालों के खिलाफ वे जीभ भी नहीं हिलाते, क्योंकि उनसे मिलनेवाले विज्ञापनों का आर्थिक मूल्य काफी होता है। ये सभी छिद्र हैं, जिनसे होकर प्रजातंत्र की जड़ काटी जाती है।

वालतेयर प्रजातंत्र की अपेक्षा बादशाहत को अधिक पसन्द करता था। उसका कहना यह था कि बादशाहत के अधीन एक व्यक्ति को शिक्षित कर देने से काम चल जाएगा, मगर जब सभी बालिग बादशाह हो जाएँगे, तब उन सबको शिक्षित करना पड़ेगा। वालतेयर की बात बड़ी अप्रिय है, लेकिन वह उतनी ही ठीक भी है। और देश जब भारत के समान विशाल हो, तब सार्वभौम शिक्षा का काम कितना कठिन हो जाता है, यह हम भारतवासी खूब समझ रहे हैं। असल में प्रजातंत्र विशाल देशों के लिए

था ही नहीं। आरम्भ में वह नगर-राज्य (सिटी स्टेट) के लिए निकला था, क्योंकि नगर-राज्यों में सभी लोग शासन में सीधे भाग ले सकते थे। छोटी जनसंख्या वाले देशों की अपेक्षा बड़ी जनसंख्या वाले देश आसानी से शासित किए जा सकते हैं, क्योंकि ऐसे देशों की जनता में अकर्मण्यता अधिक होती है। किसी शिकायत को लेकर परस्पर एक होना उनके लिए जितना कठिन होता है, किसी कार्यक्रम को लेकर एक होने में भी उन्हें वैसी ही कठिनाई महसूस होती है। भारत में जनसंख्या के अलावा एक बुराई और है। हम सभी लोग जातों में बँटे हैं और हमारा भाव है कि आदमी अगर हमारी जात का है, तो वह खूबसूरत भी है और ईमानदार भी। और अगर वह हमारी जात का नहीं है, तो वह निश्चय ही बदसूरत और बेईमान होगा। हमारे ग्रामीण मतदाता यह कहने में तनिक भी नहीं शरमाते कि वोट और बेटी अपनी ही जात में दी जानी चाहिए। और जो हाल ग्रामों का है, शहरों की उससे बहुत भिन्न दशा नहीं है।

प्रजासत्ता सबसे बड़ा ढिंढोरा समानता और स्वतंत्रता का पीटती है। लेकिन शक्ति और योग्यता में समान हुए बिना मनुष्य समान रूप से स्वतंत्र कैसे हो सकता है? समाज का रूप जैसे-जैसे जटिल होता जाता है, मनुष्य की समानता और स्वतंत्रता भी वैसे-वैसे ही छीजती जाती है। और यह युग तो विज्ञान का, अथवा केन्द्रीकरण का है। प्रत्येक आविष्कार मनुष्य की समानता और स्वतंत्रता को कम करनेवाला होता है। जनता के हाथों में मतपत्र देकर सरकार कहती है कि तुम सब समान हो। किन्तु सत्ता का वितरण क्या समान रूप से होता है? और कितने ऐसे अवसर आते हैं, जब राजनीति के निर्णय धन नहीं, जन के बहुमत से किए जाते हैं? देश में जो आर्थिक विषमता और आर्थिक पराधीनता फैली हुई है और बहालियों तथा पदोन्नतियों में जो पक्षपात बरता जा रहा है, उसे देखते हुए कितने लोग हैं, जिन्हें समता और स्वतंत्रता प्राप्त है? जब राजे राज करते थे, सिंहासनों पर सिंह बैठा करते थे। अब उन पर चूहे विराजमान हैं और वे अपार सुख भोग रहे हैं। प्रजातंत्र गरीबी की चाहे जितने भी मुखौटे लगा ले, उसके ढाँचे में वर्धन और विकास अमीरी का होता है। साम्यवाद के विषय में भिलोवन जिलास ने लिखा है कि उसके भीतर अमीरों का नया वर्ग पनपता है। ऐसा

वर्ग प्रजातंत्र के भीतर भी पैदा होता है और अमीरी का असली मक्खन यही वर्ग खाता है।

वर्धा के स्वामी आनन्द ने एक सूक्ति कही थी। भैंसों को अगर मताधिकार मिल जाए, तो इससे उनका क्या बननेवाला है? मजे तो चरवाहों को मिलेंगे। वोटर बेचारा क्या कर सकता है? वह अपनी रोटी-दाल के मसले में गर्क है। नये राज्यों की राष्ट्रीय और अन्तरराष्ट्रीय समस्याएँ अत्यन्त जटिल, समझने में कठिन और सोचने में विकराल होती हैं। वोटर के पास इतना समय कहाँ है कि वह इन समस्याओं को समझने की कोशिश करे और वह अगर कोशिश करे भी, तो ये जटिल समस्याएँ उसकी समझ में नहीं आएँगी। कानून से हम हर बालिग व्यक्ति को बादशाह तो बना देते हैं, मगर कानून से हम सभी बादशाहों को शिक्षित नहीं कर सकते। संसद-सदस्य जिन वोटरों को अपना मालिक मानते हैं, उन मालिकों को मालूम कुछ भी नहीं होता। प्रजातंत्र, असल में, उनका राज है जो अज्ञानी और मूर्ख हैं।

और जो सदस्य चुनकर संसदों और विधान-सभाओं में भेजे जाते हैं, उनका ज्ञान किस तरह का होता है? विदेश मंत्रालय वे चलाते हैं, जिन्होंने दुनिया का इतिहास और भूगोल, कुछ भी नहीं पढ़ा और खाद्य मंत्रालय के मंत्री वे बनाए जाते हैं, जो कोदों और सामा के बीच फर्क नहीं बता सकते। जैसे सचिवालयों के अफसरों का सबसे बड़ा गुण यह है कि वे नोट अच्छा लिख सकते हैं, इसी प्रकार संसद-सदस्यों की सबसे बड़ी विशेषता यह मानी जाती है कि वे जोर-जोर से बोल सकते हैं। मैकाले ने कहा था कि ऐसी सेनाएँ हुई हैं, जिन्होंने खराब जेनरलों के अंडर भी अच्छा काम किया, मगर ऐसी सेना एक भी नहीं हुई, जिसने बहस करनेवाली परिषद के नेतृत्व में उन्नति की हो। कोई आश्चर्य नहीं कि युद्ध छिड़ते ही प्रजातंत्र निस्तेज हो जाता है। प्रजातंत्र के द्वारा युद्ध से छुटकारा भले ही न मिले, युद्ध के आते ही प्रजातंत्र से छुटकारा मिल जाता है। नेता गरज-गरजकर घोषणा करते हैं कि हम गरीबी के साथ युद्ध के धरातल पर संघर्ष करेंगे, मगर प्रजातंत्र के नेता गरीबी के साथ भी युद्ध के धरातल पर नहीं लड़ सकते। प्रजातंत्र को अक्षुण्ण रखते हुए युद्ध का धरातल बन

ही नहीं सकेगा और युद्ध का धरातल बन गया, तो प्रजातंत्र के अंजर-पंजर ढीले हो जाएँगे। प्रजातंत्र युद्ध का इलाज नहीं हो सकता, लेकिन युद्ध, स्पष्ट ही, प्रजातंत्र का इलाज है।

जर्मनी की वायमर रिपब्लिक को देखकर (और शायद अन्य प्रजातंत्रों से भी सबक लेकर) ओसवाल्ड स्पैंगलर ने कहा था, 'प्रजातंत्र सर्वोत्तम लोगों का राज नहीं होता, वह चुने-चुनिंदे लोगों का भी राज नहीं होता, वह असल में रुपयों का राज होता है।' भारत में धनिकों की संख्या बहुत थोड़ी है, मगर चुनावों में रुपया कौन-सा करिश्मा दिखा सकता है, इसके दृष्टान्त हम भारत में भी देख सकते हैं। जब तक धनियों का वर्ग मौजूद है और वह नेताओं और अधिकारियों को खरीदने की नीति में विश्वास करता है, तब तक वोट भले ही गरीब लोग देते रहें, नीति धनियों की चलेगी। जिन्हें मिल्कियत नहीं है, वे भी कानून मिल्कियत वालों के हित में बनाते हैं। यदि धनवानों का धन रहे और वोट का अधिकार उनका छिन जाए, तब भी बात उन्हीं के फायदे की होगी–अब वह कानून के जरिये हो या घूस के द्वारा। प्रजातंत्र के असली, भीतरी निर्णयों पर प्रभाव बहुसंख्यक वोटरों का नहीं, अल्पसंख्यक धनियों का पड़ता है।

प्रजातंत्र यदि प्रतिभा का शत्रु नहीं है, तब भी उसके प्रतिकूल जरूर है। जो साहित्य या कला औसत आदमी की समझ में नहीं आती, प्रजातंत्र उसका प्रचार नहीं कर सकता। चूँकि प्रजातंत्र यह मानता है कि सभी मनुष्य समान हैं, इसलिए औसत से बड़े आदमी की प्रजातंत्र में उपेक्षा होती है। और यह केवल साहित्य और विद्या के ही क्षेत्र में नहीं, बल्कि राजनीति में भी प्रतिभाशाली और सज्जन लोग सत्ता के ऊँचे आसन पर नहीं पहुँचाए जा सकते। प्रजातंत्र औसत बुद्धिवाले चतुर खिलाड़ियों का खेल है। उसमें चलती राजनीतिज्ञों की होती है, राजपुरुषों (स्टेट्समैन) की नहीं। राजनीति में अधिकार के पदों पर पहुँचने में जैसी बाधा प्रतिभासम्पन्नता से आती है, वैसी किसी और गुण या दुर्गुण से नहीं। इसके दो-एक अपवाद भारत में उस समय देखे गए थे, जब देश तुरन्त-तुरन्त आजाद हुआ था। मगर अपवादों का वह समय चला गया और अब वह कभी नहीं आएगा। चूँकि दूरदर्शी राजपुरुष प्रतिभा का धनी होता है, इसलिए सत्ता की कुर्सी पर वह

अक्सर नहीं पहुँच पाता। जब राजे राज करते थे, उनके सलाहकार चोटी के विद्वान होते थे। मगर प्रजातंत्र नवरत्नों की कीमत नहीं समझ पाता, वह उत्तम के ऊपर मध्यम को तरजीह देता है। और देखने में यह भी आया है कि मध्यम को भी ढकेलकर अधम आगे बढ़ गए हैं।

प्रजातंत्र के असली नेता राजपुरुष नहीं, राजनीतिज्ञ होते हैं। मुख से वे समाजवाद और समानता के उद्घोष निकालते हैं, किन्तु वास्तव में सत्ता के ऊपर या उसके पास बैठकर वे ऐसे सुख भोगते हैं, जैसे सुखों का जनता स्वप्न भी नहीं देख सकती। मिली हुई जनता को तोड़कर वे उसे परस्पर विरोधी दलों में विभक्त कर देते हैं। वोट जनता देती है, मगर राज उनका चलता है, जो उम्मीदवारों का मनोनयन करते हैं। जीन जैकुस ने सत्य ही कहा था कि 'सच्चा प्रजातंत्र न तो कभी पहले हुआ है, न आगे होगा, क्योंकि यह प्रकृति के नियमों के विरुद्ध है कि बहुमत अल्पमत पर राज करे।' जो भी राजनीति है, सुसंगठित अल्पमतों की प्रतिस्पर्धा का परिणाम है।

वोटर समझता है कि वह अपने मन से वोट डाल रहा है। यह बात वह समझ नहीं सकता कि वोट उससे डलवाया जा रहा है। उसे देश की समस्याओं का कोई ज्ञान नहीं है। वह यह नहीं जानता कि कौन पार्टी अधिक अच्छी और कौन कम अच्छी है। वह अपनी जात के आदमी को जानता है, अपने इलाके के नेता को पहचानता है अथवा देश के किसी बड़े नेता के नाम का उस पर जादू है। वह वोट नहीं देता, भावना के किसी प्रवाह में बह जाता है। असल में वह तमाशबीन है, जो जीतनेवालों के लिए तालियाँ बजाता है और हारनेवालों का मजाक उड़ाता है। वह दर्प से फूला रहता है कि देश का वह मालिक है और प्रधानमंत्री उसके सबसे बड़े नौकर का नाम है। मगर एक बार मालिक अपने सबसे बड़े नौकर से मिलने चला जाए तो, उसे मालूम हो जाएगा कि मालिक कौन और नौकर कौन है। सब लोगों को बेवकूफ बनाकर हमेशा राज करना मुश्किल काम है, मगर राज करने के लिए काफी लोगों को बराबर बेवकूफ बनाया जा सकता है।

प्रजासत्ता को तरजीह देनेवालों ने सोचा था, असली ताकत तायदाद में होती है। मगर व्यवहार में मालूम हुआ कि संख्या असाधारणता नहीं,

साधारणता (मेडियोक्रिटी) को चुनती है। कवि-सम्मेलन का आकार जितना बड़ा होता है, कविताएँ वहाँ उतनी ही घटिया आदर पाती हैं। निर्वाचन-क्षेत्र जितना विशाल होगा, उतना ही मामूली उम्मीदवार वहाँ विजय पाएगा। छोटे निर्वाचन-क्षेत्रों में सम्मान चरित्र, ज्ञान, अनुभव और कुशलता का हो सकता है, लेकिन बड़े निर्वाचन-क्षेत्र भाषणों से प्रभावित होते हैं, लफ्फाजी के सामने सिर झुकाते हैं और उन लोगों का आदर करते हैं, जिन्हें अमीरों से गरीबों को और गरीबों से अमीरों को डराने की कला मालूम है। पार्टियाँ इस विचार से अपने घोषणा-पत्र नहीं लिखतीं कि उन्हें काम में लाना है, बल्कि इस भाव से कि उनसे जनता को चमत्कृत करना है, उसे बेवकूफ बनाकर सत्ता में आना है। और अगर यह कहो कि तब अगले चुनाव के समय क्या होगा, तो इसका सीधा-सा जवाब यह है कि राजनीति के खिलाड़ी अगले चुनाव के समय भी भाषण, लफ्फाजी, झूठे वायदों और नये घोषणा-पत्रों से जनता को चमत्कृत कर देंगे, बशर्ते कि वे काफी पैसों का प्रबन्ध कर सकें।

सदस्यों से यह आशा करना ही बेकार है कि वे जनता की सेवा करेंगे। जनता की सेवा चाहें, तो वे कर सकते हैं, जो सरकार के कर्णधार हैं। बाकी सदस्य तो यही कर सकते हैं कि सरकार के संचालकों की सहायता करें और जनता को धोखा दें। जनमानस में राजनीति का सामान्य अर्थ चालाकी हो गया है और राज्य, ढाँचे में, चाहे जितना भी प्रतापी और पवित्र दीखे, भीतर से वह भ्रष्ट होता है। प्रजातंत्र का सारा दारोमदार बोलने पर है, अतएव झूठ भी उसमें ज्यादा बोला जाता है। राजे बोलते कम, काम ज्यादा करते थे। नेपोलियन ने कहा था, 'तानाशाहों को झूठ बोलने की जरूरत नहीं होती, वे मुख से कम, कर्म से ज्यादा बोलते हैं।'

तब भी ऐसा क्यों है कि बादशाहत और तानाशाही, दोनों से हम प्रजातंत्र को श्रेष्ठ समझते हैं? कारण यह है कि यद्यपि प्रजातंत्र शासन की पूर्ण प्रणाली नहीं है, फिर भी अन्य प्रणालियों की अपेक्षा दोष उसमें कम हैं। प्रजातंत्र की सबसे बड़ी महिमा यह है कि उसके निर्णय का आधार बहुत चौड़ा होता है। जब भी राष्ट्र के सामने कोई समस्या आती है, सारे देश के लोग उस पर अपना मत व्यक्त कर सकते हैं–दुकानदार

दुकान में, किसान खेत या खलिहान में, छात्र विद्यालयों में और विधायक विधान-सभाओं में। और अखबार के लोग अखबारों के द्वारा विचार की इस प्रवृत्ति को प्रोत्साहन देते हैं। राज्य की तीन टाँगें सेना, विधानसभा और अदालतें हैं, उसकी चौथी टाँग का नाम अखबार है। जिस राज्य की यह चौथी टाँग टूट गई, उसकी तीन टाँगों के सहारे प्रजातंत्र नहीं टिक सकता।

प्रजातंत्र में भी शासक कभी-कभी अखबारों की मार नहीं सह सकते, वे तिलमिला उठते हैं और चाहते हैं कि अपनी ताकत लगाकर अखबार का मुँह बन्द कर दें। ये ही शासक वे लोग हैं, जो प्रजातंत्र का गला रेतते हैं, जिनके भीतर से तानाशाह के पैदा होने की सम्भावना रहती है। विद्वानों को मुक्त चिन्तन की स्वतंत्रता न रहे और अखबारों की बोलने की आजादी छीन ली जाए, तो समझना चाहिए कि देश से प्रजातंत्र बिदा हो रहा है। सरकार जितनी भी उत्तम हो, उसकी कार्रवाइयों पर अखबारों को आलोचक की दृष्टि रखनी ही चाहिए। प्रजातंत्र के सच्चे सिपाही वे अखबार हैं, जो इस बात की परवाह नहीं करते कि विरोधियों का प्रचार करने से कहाँ, कौन नाराज हो रहा है। दुनिया में ऐसे भी देश हैं, जो अपने को प्रजातंत्र कहते हैं, किन्तु विरोधी दलों को वे अंकुरित भी होने नहीं देते, न अखबारों को ऐसी बात छापने देते हैं, जिसका छापा जाना सरकार को नापसन्द हो। स्पष्ट ही ऐसे देश में प्रजातंत्र का मुखौटा लगाकर डिक्टेटर राज कर रहे हैं। जब विरोधी दल का अस्तित्व ही नहीं और अखबार केवल सरकार का प्रचार करते हैं, तब ऐसे देशों को प्रजातंत्र कहना प्रजातंत्र का अपमान है। अखबारों की आजादी प्रजातंत्र की जान है। जहाँ अखबार स्वतंत्र नहीं हैं, वहाँ प्रजातंत्र भी नहीं है। जेफरसन ने कहा था कि 'यदि मुझसे पूछा जाए कि तुम्हें अखबार के बिना सरकार चाहिए या सरकार के बिना अखबार, तो मैं बेधड़क कहूँगा कि मैं सरकार के बिना अखबार ही लूँगा।' राज्य का निर्माण ही व्यक्ति और सम्पत्ति–इन दो तत्त्वों की रक्षा के लिए होता है। यदि चिन्तकों से चिन्तन की स्वतंत्रता छीन ली जाए और अखबारों के मुँह बन्द कर दिये जाएँ, तो वे दोनों चीजें खतरे में पड़ जाएँगी, जिनकी रक्षा सरकार का पहला कर्तव्य है।

तानाशाही की तुलना में प्रजातंत्र की सबसे बड़ी खूबी यह है कि उसके पास आत्म-सुधार का तंत्र होता है। राजे जब निर्माण लेते थे, अपने दरबार के रत्नों से पूछकर लेते थे, मगर रिवाज यही था कि दरबारी लोग राजा के अदब में आकर सच्ची राय कम ही दे पाते थे और राजा की अपनी ही राय प्रधान रहती थी। तानाशाहों के साथ भी बहुत कुछ यही बात है। उनके भी सलाहकार तानाशाहों के रौब में रहते थे और अक्सर हाँ-में-हाँ मिलाने के सिवा कोई विपरीत मत नहीं दे सकते। लेकिन प्रजातंत्र का निर्णय विधान-सभाओं में होता है, जहाँ हर सदस्य को अपनी राय जाहिर करने की पूरी आजादी होती है। यही नहीं, राष्ट्रीय निर्णयों पर देश के अखबारों का बहुत बड़ा प्रभाव पड़ता है, क्योंकि प्रजतान्त्र में अखबार स्वतंत्र होते हैं और शासकों की हाँ-में-हाँ मिलाने से जनता के बीच उनकी इज्जत मारी जाती है। जब मुसोलिनी सत्तासीन हुआ था, तब यह खबर छपी थी कि इटली में अब ट्रेनें समय पर आती और समय पर खुलती हैं। मगर मुसोलिनी सर्वतंत्र-स्वतंत्र हो गया और पूरे देश को लेकर लड़ाई के खड्ड में कूद पड़ा। अगर वह किसी स्वतंत्र संसद के अधीन रहता, तो युद्ध में शरीक होने से संसद उसे रोक सकती थी। अजब बात कि पाकिस्तान ने भी भारत से युद्ध उस समय ठाना, जब वहाँ प्रजातंत्र नहीं था, अय्यूब की तानाशाही चल रही थी। और पाकिस्तान में भी जब तानाशाही शुरू हुई, तब यह खबर छपी थी कि पाकिस्तान में ग्वाले अब दूध में पानी नहीं मिलाते हैं।

जैसे तानाशाह गलती करते हैं, वैसे ही प्रजातंत्र का प्रधानमंत्री भी गलती कर सकता है। लेकिन प्रधानमंत्री की गलती छिपी नहीं रहती, वह पकड़ी जाती है। उसे संसद के सदस्य पकड़ते हैं और अखबार उसे लेकर शोर मचा देते हैं। और इस प्रकार देश गलत निर्णय लेने से बच जाता है। इसीलिए मैं कहता हूँ कि प्रजातंत्र के पास आत्म-सुधार का यंत्र है और इसी कारण वह तानाशाही से श्रेष्ठ होता है।

प्रजातंत्र के पक्ष में और भी कितनी ही बातें कही जा सकती हैं। सरकारों के अधीन रहते हुए उनके अत्याचारों से साफ बच जाने का कोई उपाय नहीं है। जहाँ जैन राजे थे, वहाँ वैदिक धर्म की उपेक्षा होती थी; जहाँ

वैदिक राजे थे, वहाँ जैनों पर अत्याचार होता था। जब मुसलमान आए, उन्होंने हिन्दुओं पर जी भरकर अत्याचार किया। इसी प्रकार अंग्रेजी राज में ईसाइयों के साथ पक्षपात होता था। सच्चा प्रजातंत्र वह है, जहाँ के अल्पसंख्यक सुखी और संतुष्ट हों।

प्रजातंत्र की एक खूबी यह भी है कि उसके कारण जनसाधारण के जोश और दर्प में वृद्धि होती है। पाँच साल बाद ही सही, मगर चुनाव के समय उसकी पूछ तो होती है। समानता के सिद्धान्त के प्रचार के कारण मध्यम कोटि की बुद्धिवाले लोगों की बन आई है। लेकिन उसी परिमाण में प्रतिभाशाली की प्रतिभा अनुर्वर हो गई है, उसका दर्प टूट गया है। चूहों के राज में सिंह भी चूहों की भाषा और उनका रिवाज सीख रहे हैं।

प्रजातंत्र के प्रचार के कारण गरीब-से-गरीब आदमी के भीतर भी यह भाव पैदा हो गया है कि मैं गुलाम नहीं हूँ। व्यवहार में राष्ट्रपति चाहे बड़े लोग ही होते हों, किन्तु सिद्धान्ततः कोई भी व्यक्ति राष्ट्रपति बनने की बात सोच सकता है।

बादशाहत की तरह प्रजातंत्र की भी कुछ थोड़ी सीमा है। जैसे स्वेच्छाचारी राजे ऐसे कानून नहीं चला सकते थे, जिन्हें जनता मानने को तैयार न हो, उसी प्रकार काफी वोट मिल जाने पर प्रजातंत्र के अन्दर भी कानून चाहे जो भी बनाए जा सकते हैं, मगर जो कानून जनता की मर्जी के खिलाफ बनते हैं, वे बालू की रस्सी होते हैं और जरा-सी ऐंठन पड़ते ही टूट जाते हैं।

प्रजातंत्र के अन्दर सरकार जनता के चरित्र के अनुसार बनती है और उसी के अनुसार चला भी करती है। इसीलिए जनता जैसी होती है, सरकार भी वैसी ही बनती है। मगर यह काफी नहीं है। इस स्थिति को हम कब तक सहते जाएँगे? सरकार के नेताओं का चरित्र उत्तम हो, तो जनता का चरित्र भी विकास पाएगा। चीनी दार्शनिक लाओत्से ने कहा था कि राजा को अगर कंचन से घृणा हो जाए, तो समाज में चोरी कोई नहीं करेगा। राजा हवा है, जनता धान का पौधा। हवा जिधर को बहती है, पौधा उधर को ही झुक जाता है। आज तो राजा और प्रजा, दोनों ही भ्रष्ट हैं। फिर भी सोचने की बात है कि पहले भ्रष्ट कौन हुआ। जो पहले भ्रष्ट हुआ है,

उसे ही पहले सुधरना भी चाहिए। यों भी समझ में तो यही बात आती है कि चाँद और तारे, अगर दोनों भ्रष्ट हो जाएँ, तो चाँद को देखकर तारों को सुधरना पड़ेगा, तारों को देखकर चाँद को नहीं।

मनुष्य के शरीर, मन और सम्पत्ति की रक्षा राज्य का पहला कर्तव्य है। इसी कर्तव्य के पालन से राज्य अपने पुलिस-धर्म का प्रमाण देता है। किन्तु उसका लक्ष्य इतना ही नहीं है। सरकार का अन्तिम लक्ष्य मनुष्यों का सांस्कृतिक उत्थान है, उन्हें अधिक त्यागी और उदार बनाना है, मनुष्य मात्र का प्रेमी और निःस्वार्थ बनाना है। लाओत्से ने कहा था कि सबसे अच्छे राजे वे हैं, जनता जिनका नाम केवल सुनती है। उनसे घटकर वे हैं, जिनके जनता दर्शन करती है और सबसे हीन वे हैं, जिनकी जनता को कदम-कदम पर जरूरत पड़ती है। मानवता के भावी उत्थान की दृष्टि से सबसे अच्छी सरकार वह है, जो सबसे कम शासन करती है और जो इस साधना में है कि एक दिन मनुष्य को उसकी जरूरत ही नहीं रहे।

धर्म और विज्ञान

आधिभौतिक विचारधारा विज्ञान की देन नहीं है। वह विज्ञान से बहुत पहले की चीज है। किन्तु जब विज्ञान की वृद्धि होने लगी, तब वैज्ञानिक संस्कारों का प्रभाव आधिभौतिकता का सहायक सिद्ध हुआ।

विज्ञान के आविर्भाव से पूर्व समाज पर धर्म और दर्शन का प्रभुत्व था और धर्म के साथ अनेक प्रकार के अन्धविश्वास भी मनुष्यों के मन में छाए हुए थे। इसलिए आरम्भ के वैज्ञानिकों में हम शुद्ध विज्ञान के दर्शन नहीं करते। कोपरनिकस (1473-1543 ई.), गैलीलियो (1564-1612 ई.) और केपलर (1571-1630 ई.)–ये विज्ञान के प्रवर्तकों में से हैं; किन्तु उसकी खाँटी वैज्ञानिक दृष्टि नहीं थी। शुद्ध वैज्ञानिक पद्धति सबसे प्रथम सर आइजक न्यूटन (1642-1727 ई.) के साथ उदित हुई। न्यूटन भी परम आस्तिक पुरुष थे एवं उनका धर्म और दर्शन, दोनों में विश्वास था। किन्तु उन्होंने अपने विज्ञान-विषयक चिन्तन को धर्म से प्रभावित होने नहीं दिया।

सृष्टि का आदि कारण वे परमात्मा को अवश्य मानते थे, किन्तु गुरुत्वाकर्षण एवं गति के जिन तीन मूलभूत नियमों का उन्होंने आविष्कार किया, उनमें उनका अटल विश्वास था और वे मानते थे कि प्रकृति कहीं भी, किसी भी अवस्था में इन नियमों की अवहेलना नहीं करती है।

न्यूटन आधुनिक विज्ञान के पिता समझे जाते हैं। वैज्ञानिक नियम वह है, जो प्रकृति में चलनेवाली अनेक घटनाओं पर समान रूप से लागू होता हो और वैज्ञानिक सिद्धान्त उसे कहना चाहिए, जिससे इस प्रकार के अनेक नियम निकाले जा सकते हों। न्यूटन ने जिन सिद्धान्तों का आविष्कार किया, वे अत्यन्त सरल और संक्षिप्त दीखते हैं; किन्तु इन्हीं संक्षिप्त सिद्धान्तों के आधार पर न्यूटन के बाद सारे विज्ञान का विस्तार हुआ। प्रत्येक द्रव्य प्रत्येक दूसरे द्रव्य को अपनी ओर खींचता है, यह सिद्धान्त बहुत सरल दीखता है; किन्तु इसी नियम से विभिन्न द्रव्य और पिंड इस महाशून्य में अवस्थित पाए गए हैं। न्यूटन के सिद्धान्तों के आधार पर ही समस्त सौर-मंडल में शृंखला और सामंजस्य का संधान हुआ और बाद को चलकर उन्हीं सिद्धान्तों के आधार पर सारी सृष्टि, पूर्ण रूप से, व्यवस्थित सिद्ध की गई।

न्यूटन के बाद विकसित होनेवाले विज्ञान की कहानी बहुत लम्बी और व्याप्तियाँ अगाध हैं। उनके ब्यौरे में न जाकर यहाँ हम केवल यह जानने की कोशिश करेंगे कि इस विज्ञान का धर्म और दर्शन पर क्या प्रभाव पड़ा।

न्यूटनीय सिद्धान्तों के आधार पर विकसित होनेवाले विज्ञान की पहली मान्यता यह थी कि द्रव्य, देश और काल—ये तीनों परस्पर एक-दूसरे से स्वतंत्र, मूलभूत सत्ताएँ हैं और प्रत्येक द्रव्य कहीं-न-कहीं देश में और किसी-न-किरी काल में अवस्थित या संक्रमित होता है। उसकी दूसरी मान्यता यह है कि सृष्टि यंत्रों के समान है एवं गणित के जिन नियमों से हम मनुष्य-कृत यंत्रों को समझते हैं, उन्हीं नियमों से सृष्टि की सारी प्रक्रियाएँ समझी जा सकती हैं। ये वैज्ञानिक यह भी मानते थे कि सृष्टि में कहीं भी कोई घटना कारण-कार्य के नियम का उल्लंघन नहीं करती, सारी सृष्टि गणित के नियमों से परिचालित हो रही है और इसका यदि कोई

परमेश्वर है, तो वह सृष्टि का सबसे बड़ा गणितज्ञ है। कारण-कार्य के नियम की अटलता पर इन वैज्ञानिकों का ऐसा सुदृढ़ विश्वास था कि वे असंदिग्ध रूप से इस सिद्धान्त पर आ गए कि प्रत्येक वस्तु के अतीत और वर्तमान का अध्ययन करके उसके भविष्य का कथन किया जा सकता है।

और ये बातें केवल जड़ विश्व के विषय में ही नहीं, चेतन मनुष्य के विषय में भी कही जाती थीं, क्योंकि इन वैज्ञानिकों का विश्वास था कि जैसे जड़ पदार्थ यांत्रिक विधि से काम करते हैं, वैसे ही मनुष्य भी यांत्रिक नियमों के अधीन है और जैसे हम जड़ पदार्थ का अध्ययन करके यह बता सकते हैं कि अगले क्षण वह किधर को जानेवाला है, वैसे ही मनुष्य के अतीत को देखकर यह मजे में बताया जा सकता है कि भविष्य में उसके निर्णय क्या होंगे अथवा आगे चलकर वह क्या करनेवाला है। विज्ञान में इस मान्यता को नियतिवाद अथवा डिटरमिनिज्म कहते हैं, जिसका आशय यह है कि मनुष्य का भविष्य उसके अतीत से निश्चित होता है। पुनर्जन्म में विश्वास करनेवाले लोग यह मानते हैं कि हमारी पूर्वार्जित प्रवृत्तियाँ हमारे इस जन्म के कर्मों को प्रेरित करती हैं; किन्तु वे यह भी मानते हैं कि हम चाहें तो उन प्रवृत्तियों के बन्धन से छूट भी सकते हैं। किन्तु भौतिकवादी लोग, जिनका एक नाम 'मुक्त चिन्तक' भी है, मनुष्य को इतनी स्वतंत्रता भी नहीं देते। उनका अटल विश्वास है कि जैसे पेड़, पौधे और पहाड़ कारण-कार्य-नियम की अवहेलना नहीं कर सकते, वैसे ही मनुष्य भी इस नियम का अपवाद नहीं है।

आश्चर्य की बात है कि आधुनिक विचारों के बड़े-से-बड़े आचार्य नियतिवाद के समर्थक हुए हैं। डेकार्टे, स्पिनोजा, लेबनिज, लॉक, ह्यूम, कांट, हीगेल और मिल तथा अलेक्जेंडर—ये सब-के-सब नियतिवाद में विश्वास करते थे। इन सभी चिन्तकों का मत था कि मनुष्य ने अतीत में जैसा स्वभाव बनाया अथवा जैसे चरित्र का निर्माण किया है, उसके भविष्य के निर्णय और कर्म उसी का अनुगमन करेंगे। मनुष्य जो यह समझता है कि अपने निर्णय और कर्म में वह स्वतंत्र है, यह उसका मोह मात्र है। हवा में फेंके गए ढेले को भी यही भ्रम हो सकता है, यदि वह उस हाथ को भूल जाए, जिसने उसे फेंक दिया है। मिल ने तो यहाँ तक कहा है कि मनुष्य

के निर्णय और कर्म इतने अधिक पूर्व-निश्चित हैं कि परिश्रम करने पर समाजशास्त्र सुनिश्चित विज्ञान में परिणत किया जा सकता है।

मनुष्य को भी यंत्रवत् परिचालित एवं निर्णय और कर्म में पेड़-पौधे और पशु के समान पराधीन सिद्ध करने में प्राणिशास्त्र एवं विकासवाद के सिद्धान्तों ने बड़ी सहायता पहुँचाई। अतएव भौतिकी और प्राणिशास्त्र के सहयोग से शरीर-शास्त्र (फिजियोलॉजी) का जन्म हुआ एवं मनुष्य सनसनाहटों का एक पुंज समझा जाने लगा, जिसकी सारी शारीरिक और मानसिक प्रक्रियाओं के स्रोत उसकी शिराओं, टिस्सुओं (ऊतकों), फ्लुइड (तरल) और चेतना में अवस्थित है। सारा मनुष्य टिस्सू, फ्लुइड और चेतना का ही समवाय नहीं है, यह बात उपेक्षित छोड़ दी गई। जीवन-संघर्ष में व्यस्त रहने के कारण पश्चिम के पूर्वजों ने बाहर की ओर अधिक ध्यान देने की परम्परा चलाई थी। परिणाम यह हुआ कि हमारा सारा विज्ञान बहिर्मुखी हो गया।

न्यूटन आस्तिक थे और उनके समकालीन वैज्ञानिक भी ईश्वर की आवश्यकता का अनुभव करते थे। किन्तु फ्रांस के दार्शनिकों ने जब यह देखा कि प्रकृति की क्रियाएँ विज्ञान से भली भाँति समझी जा सकती हैं, तब उन्होंने ईश्वर की आवश्यकता पर से अपनी दृष्टि हटा ली। मनुष्य के मुक्त निर्णय और मुक्त कर्म में से उनका विश्वास उठ गया। मानव जीवन को वे सृष्टि की अत्यन्त तुच्छ घटना मानने लगे और उन्होंने इस प्रश्न पर भी विचार करना छोड़ दिया कि सृष्टि की रचना में कोई महदुद्देश्य भी है अथवा वह यों ही उछलकर सामने आ गई है। और ये सारी स्थितियाँ आधिभौतिक विचारधारा के अत्यन्त अनुकूल सिद्ध हुईं। ज्यों-ज्यों विज्ञान आगे बढ़ा, यह बात अधिकाधिक स्पष्ट होती गई कि विचारधारा तो वही ठहरेगी, जिसका समर्थन विज्ञान करेगा। और यही बात सत्य भी निकली। धर्म ने जब यह कहा कि विश्वास से पहाड़ भी हिल सकते हैं, तब इस बात पर किसी ने ध्यान भी न दिया। किन्तु विज्ञान जब यह कहता है कि परमाणु से पहाड़ उखाड़े जा सकते हैं, तब सभी लोग उसका विश्वास करते हैं।

न्यूटनीय सिद्धान्तों पर उठनेवाला विज्ञान प्रायः 19वीं सदी के अन्त तक अत्यन्त निश्चिन्त रहा। कारण यह था कि वैज्ञानिकों ने देश, काल

और द्रव्य, कारण-कार्य एवं नियतिवाद और यांत्रिकता के जो नियम निकाले थे, वे बराबर अपना काम करते गए और इन दो सौ वर्षों में कभी कोई ऐसी घटना या ईजाद नहीं हुई, जिसका इन नियमों से विरोध हो अथवा जो घटना इन नियमों के प्रकाश में ठीक-ठीक समझी न जा सके। इन दो सौ वर्षों तक विज्ञान ने पूरे आत्मविश्वास के साथ प्रकृति का अध्ययन किया और आकाश, पाताल या मर्त्य लोक के बारे में उसने जो भविष्यवाणियाँ कीं, वे सब-की-सब सच निकलीं। इससे विज्ञान की प्रतिष्ठा में अपरिमित वृद्धि हुई और ज्यों-ज्यों विज्ञान का मान बढ़ता गया, त्यों-त्यों मनुष्य भी आधिभौतिक विचारधारा की ओर अधिकाधिक मुड़ता और सृष्टि के उन रूपों पर से दृष्टि फेरता गया, जो विज्ञान के विषय नहीं हो सकते थे और जिन पर विचार केवल रहस्यवादियों ने किया था।

न्यूटन के सिद्धान्तों का आदर आज भी है और आज भी, व्यवहारतः विज्ञान के प्रायः सारे कार्य उन्हीं नियमों के प्रकाश में किये जाते हैं, जो नियम न्यूटन के सिद्धान्तों से निकले और, प्रायः 19वीं सदी के अन्त तक अक्षुण्ण चले आए थे। किन्तु लगभग 1890 ई. के बाद से विज्ञान में जो नये अनुसंधान हुए हैं, उनके चलते बीसवीं सदी का विज्ञान उतना उद्धत नहीं रहा, जितना वह उसके पूर्व दिखाई देता था। पहले के वैज्ञानिक इस भाव से भरे दीखते थे कि सृष्टि को समझने की राह उन्हें मिल गई है। अब वे जहाँ पहुँचे हैं, वहाँ ऐसी बात आत्मविश्वास के साथ बोली नहीं जा सकती। अभी यह स्थिति तो नहीं आई है कि स्वयं विज्ञान भौतिकवाद को मृत घोषित कर दे अथवा यह ऐलान कर दे कि नियतिवाद (डिटरमिनिज्म) का सिद्धान्त खंडित हो गया, किन्तु भौतिकी में इधर जो नये अनुसंधान हुए हैं, उन्हें देखते हुए यह अवश्य कहा जा सकता है कि नियतिवाद, द्रव्य और भौतिकवाद की परिभाषा अब नये सिरे से की जानी चाहिए। विज्ञान के कारण भौतिकवाद में जो आक्रामकता आ गई थी, अब वह पिघलती दिखाई देती है। नियतिवाद की जो परिभाषा आज से पचास वर्ष पूर्व की जाती थी, उसमें कुछ-न-कुछ शैथिल्य आ गया है और विज्ञान का कर्मक्षेत्र प्रायः उस भूमि को छूने लगा है, जो धर्म और रहस्यवाद की क्रीडास्थली के पास है।

यह सब कैसे हुआ, यह बताना किसी ऐसे लेखक के बस की बात नहीं है, जिसका विज्ञान और विशेषतः गणित पर कोई अधिकार न हो। जब तक द्रव्य का लघुतम रूप परमाणु था, हम अपनी चित्रात्मक कल्पना से उसे देख सकते थे, यद्यपि आँखों के लिए वह भी अदृश्य था। किन्तु परमाणु के इलेक्ट्रॉनों में विभक्त हो जाने के बाद अब उसे कल्पना भी नहीं देख सकती। पहले जहाँ अणु-परमाणु को समझने के लिए काल्पनिक मॉडल से काम लिया जाता था, वहाँ अब इलेक्ट्रॉन को समझने के लिए गणित के प्रतीक निकाले गए हैं और दुर्भाग्यवश, सभी वैज्ञानिक भी गणितज्ञ नहीं होते। भौतिकी आज जहाँ पहुँच गई है, वहाँ वह उन लोगों के लिए अतिशय दुर्बोध है जो चित्रों की कल्पना के बिना किसी भी वस्तु को नहीं समझ सकते। विशेषतः वर्तमान स्थिति उन लेखकों के लिए और भी कठिन है, जो विज्ञान का रहस्य सामान्य जनता को समझाना चाहते हैं। फिर भी कुछ महत्त्वपूर्ण अनुसंधानों के स्थूल एवं अधूरे विवरण से भी यह बात स्पष्ट हो जाती है कि भौतिकवाद की धारा में विक्षेप कहाँ उपस्थित हुआ है अथवा नई भौतिकी किस दिशा की ओर जा रही है।

विज्ञान में नई क्रान्ति उपस्थित करने का श्रेय आइंस्टीन को दिया जाता है। किन्तु लगता है, इस क्रान्ति की भूमि कुछ पहले से ही तैयार हो रही थी। अमरीका के वैज्ञानिक माइक्लेसन ने यह पता लगाया था कि पृथ्वी चाहे प्रकाश की ओर को जाती हो अथवा उससे समकोण राह पर, दोनों ही अवस्थाओं में पृथ्वी पर आनेवाले प्रकाश की गति एक समान रहती है। जब लॉर्ड केलविन को इसकी जानकारी हुई, उन्होंने यह शंका उठाई कि प्रकाश की गति न्यूटन के बताए हुए गति-सिद्धान्त के विपरीत पड़ती है। यह शंका बहुत उचित दिखाई देती है, क्योंकि पृथ्वी यदि पूरब से पश्चिम की ओर घूम रही हो और प्रकाश पश्चिम से पूरब की ओर आता हो, तो प्रकाश की गति स्पष्ट ही अधिक तीव्र दिखाई देनी चाहिए। इस शंका का समाधान तब हुआ, जब सन् 1905 ई. में आइंस्टीन ने सापेक्ष्यवाद का अपना निबन्ध प्रकाशित किया और यह स्थापना रखी कि विश्व में कोई भी वस्तु स्थिर नहीं है। अतएव चलायमान वस्तुएँ यदि अन्य गतिशील वस्तुओं की गति को मापना चाहेंगी, तो प्रत्येक का मापफल

अलग-अलग होगा और यह भी नहीं कहा जा सकता कि उनमें से एक या दो सही और बाकी सब गलत होंगे। विश्व में जितनी भी गतियाँ हैं, सब सापेक्ष्य हैं।

आइंस्टीन के सापेक्ष्यवाद का आज के विज्ञान में बड़ा भारी महत्त्व है। इस सिद्धान्त का अनुसंधान उसी प्रकार की घटना मानी जाती है, जैसी कोपरनिकस की यह घोषणा कि सूर्य पृथ्वी के चारों ओर नहीं घूमता, पृथ्वी ही सूर्य के चारों ओर घूमती है। माइक्लेसन या लॉर्ड केलविन ने प्रकाश की गति को लेकर जो शंका उठाई थी, उसका समाधान तो सापेक्ष्यवाद का आनुषंगिक परिणाम था। वस्तुतः सापेक्ष्यवाद की व्याप्तियाँ इससे बहुत दूर तक जाती हैं। कहा तो यह जाता है कि आइंस्टीन के अनुसंधानों का पूरा महत्त्व तब खुलेगा, जब संसार की कल्पना अधिक विकसित होकर उन्हें समझने के योग्य हो पाएगी। सन् 1905 ई. में जब सापेक्ष्यवाद का प्रथम निबन्ध निकला, सारे संसार के वैज्ञानिक उससे चकित रह गए। उनका आश्चर्य शमित कुछ तब हुआ, जब सन् 1908 ई. में मिंकोवास्की ने आइंस्टीन के सिद्धान्त से प्रेरित होकर देश और काल के विषय पर अपना निबन्ध पढ़ा और उसमें यह व्याख्या प्रस्तुत की कि देश और काल दो स्वतंत्र सत्ताएँ नहीं हैं। देश का परिवर्तन काल में और काल का परिवर्तन देश में होता है। देश के डायमेंशन अथवा आयाम (आचार्य रघुवीर इसे वरिमा कहते हैं) तीन हैं; अर्थात् लम्बाई, चौड़ाई और मोटाई या घनत्व। इनके साथ यदि काल का आयाम भी संपृक्त कर दिया जाए, तो वास्तविकता का असल रूप चार आयामों वाले देशकाल का सातत्य ‘फोर डायमेंशनल स्पेस-टाइम-कंटीनुअम’ हो जाता है और वास्तविकता का यही शुद्ध रूप है। आगे चलकर आइंस्टीन ने इसे भी अपने सिद्धान्त में अंगीभूत कर लिया।

कहते हैं, आइंस्टीन जब अनुसंधान में लगे हुए थे, तब युगों से प्रचलित यूकलिड की ज्यामिति उन्हें अपर्याप्त दिखाई पड़ती थी। यूकलिड की ज्यामिति समतल की ज्यामिति है, जिस पर खींचे गए त्रिभुज के तीनों कोणों का जोड़ दो समकोण के बराबर होता है। किन्तु यदि त्रिभुज समतल पर खींचा न जाकर किसी ग्लोब (स्फियर) पर खींचा जाए, तो उसके तीनों

कोणों का जोड़ दो समकोण के बराबर न भी हो सकता है। आज से कोई सौ साल पूर्व लोबाचवास्की और बोले नामक दो वैज्ञानिकों ने यह पता लगाया था कि यूकलिड की ज्यामिति से भिन्न ज्यामिति तैयार की जा सकती है। इसी सिद्धान्त पर काम करके रिमैन नामक वैज्ञानिक ने स्फियर (स्पेस का आकार गुंबद-जैसा है) की ज्यामिति तैयार की, जो यूकलिड की ज्यामिति से बिलकुल भिन्न है। आइंस्टीन ने यूकलिड को छोड़कर रिमैन की ज्यामिति से काम लिया।

यूकलिड की ज्यामिति से भिन्न ज्यामिति का आविष्कार मनुष्य के बौद्धिक इतिहास की अत्यन्त महान घटना है। यूकलिड के सिद्धान्त कोई दो हजार वर्ष से पूजित चले आ रहे थे और माना यह जाता था कि ये सिद्धान्त मनुष्य तो क्या, देवताओं और परमेश्वर के लिए भी सत्य होंगे। किन्तु आइंस्टीन को दिखलाई यह पड़ा कि यूकलिड की ज्यामिति तीन डायमेंशन वाले विश्व की ज्यामिति है। इसीलिए, वह प्रकृति के अनेक रहस्यों और आचरणों की व्याख्या करने में असमर्थ है। किन्तु प्रकृति के ये आचरण हमारी समझ में आ सकते हैं, यदि हम यह मानकर चलें कि ये घटनाएँ तीन नहीं, चार आयामों वाले जगत में घटित हो रही हैं। देश के आयाम तीन होते हैं। किन्तु आइंस्टीन विश्व की जिस कल्पना को लेकर काम कर रहे थे, उसमें देश और काल एकाकार थे। अतएव उसके चार आयाम थे--तीन तो देश के (लम्बाई, चौड़ाई और घनत्व) तथा एक काल का। इसीलिए यूकलिड की ज्यामिति उन्हें अधूरी दिखाई पड़ी। देश और काल के एक माने जाने से विश्व का जो आकार गणित में उतरता है, उस पर यूकलिडेतर ज्यामिति के ही नियम लागू होते हैं।

कहते हैं, आइंस्टीन के अनुसंधान का प्रभाव न्यूटन के गुरुत्वाकर्षण वाले नियम पर भी पड़ा है। गुरुत्वाकर्षण को लेकर भी वैज्ञानिकों में कुछ शंकाएँ चला करती थीं। पहली शंका यह थी कि गुरुत्वाकर्षण यदि शक्ति है, तो उसके संक्रमण करने में कुछ भी समय क्यों नहीं लगता, जैसे प्रकाश में लगता है? दूसरी यह है कि कोई भी आवरण गुरुत्वाकर्षण के मार्ग में अवरोध क्यों नहीं डालता है? आइंस्टीन ने बताया कि गुरुत्वाकर्षण शक्ति नहीं है। पिंड एक-दूसरे की ओर इसलिए खिंचे दीखते

हैं कि हम जिस विश्व में अवस्थित हैं, वह यूकलिड के नियमों से परे का विश्व है। विश्व को चार आयामों से संयुक्त मानने पर प्रत्येक द्रव्य के पास कुछ वक्रता होगी। इसी को हम गुरुत्वाकर्षण समझते आए हैं। इस प्रकार गुरुत्वाकर्षण को आइंस्टीन ने देश और काल का गुण स्वीकार किया।

न्यूटन के सिद्धान्तानुसार देश और काल एक-दूसरे से स्वतंत्र थे और वे द्रव्य या भूत की क्रियाओं में कोई भी भाग नहीं लेते थे। किन्तु रिमैन की ज्यामिति और आइंस्टीन के सापेक्ष्यवाद ने जिस विश्व की कल्पना को जन्म दिया है, उसमें देश और काल परस्पर संपृक्त हैं और वे सृष्टि की क्रियाओं से तटस्थ भी नहीं हैं। अवश्य ही गणित के इस इन्द्रजाल को, पूर्ण रूप से, हृदयंगम करने में मानवता को काफी समय लगेगा।

इसी प्रकार आणविक अनुसंधानों से जो ज्ञान सामने आया है, वह भी प्राचीन विज्ञान के सामने चुनौती बन गया है। आरम्भ में वैज्ञानिक यह मानते थे कि सारा द्रव्य अणुओं के संघटन से बना है। तब जोन डालटन ने यह पता लगाया कि द्रव्य का सबसे छोटा भाग अणु (मोलेक्यूल) नहीं, परमाणु (एटम) है। फिर 1895 ई. के आसपास प्रयोग और गणित से यह बात मालूम हुई कि परमाणु भी अपने-आपमें पूर्ण नहीं है। उसके भीतर भी विद्युतित कण हैं, जो आकार में परमाणु से दो हजार गुना छोटे होते हैं। ये ही कण इलेक्ट्रॉन थे।

इलेक्ट्रॉन इतने छोटे हैं, यह आश्चर्य की बात नहीं थी। अचरज यह सोचकर हुआ कि वे विद्युतित क्यों होते हैं। विद्युतित पिंडों का धर्म है कि बिजली का चार्ज पाते ही उनका आकार बढ़ने लगता है। अतएव वैज्ञानिकों ने औत्सुक्यवश यह जानना चाहा कि इलेक्ट्रॉन के पिंड का कितना अंश अपना है और कितना अंश ऐसा, जो चार्ज के कारण बढ़ता है। और वैज्ञानिकों ने जब यह देखा कि इलेक्ट्रॉन पिंड हैं ही नहीं, वे केवल विद्युत हैं, केवल शक्ति हैं, तब उन्हें बिलकुल अवाक् रह जाना पड़ा। न्यूटन के समय से लोग मानते आए थे कि द्रव्य को चीरा जाए, तो अन्त में जो अविभाज्य अंश बचेगा, वह भी ठोस द्रव्य ही होगा। अणु तक तो इस विश्वास को कोई धक्का नहीं लगा था। परमाणु अदृश्य होने पर भी ठोस

द्रव्य ही था, जो अविभाज्य और अपरिवर्तनशील था। किन्तु परमाणुओं को चीरने पर द्रव्य पूरा-का-पूरा विलुप्त हो गया और यह अनुमान आप-से-आप निकल आया कि जो ठोस पदार्थ हमें दिखाई देता है, वह ठोस नहीं, प्रत्युत वायवीय है; वह स्पृश्य नहीं, केवल गणित-साध्य और अनुमेय है। विज्ञान के इन अनुसंधानों पर विचार करते समय शंकर के मायावाद का स्मरण हो आए, तो उसे अप्रासंगिक नहीं मानना चाहिए।

एक समय पदार्थ का अन्तिम अविभाज्य अंश अणु माना जाता था और लोग उसे बिलकुल ठोस समझते थे। फिर जब परमाणु का पता चला, तब विज्ञान उसी को ठोस मानने लगा। किन्तु आज परमाणु ठोस नहीं, पोला माना जाता है, जिसके नाभिक (न्यूक्लियस) के चारों ओर इलेक्ट्रॉन और प्रोटॉन नाच रहे हैं। परमाणु इतने पोले माने जाते हैं कि वैज्ञानिकों का यह अनुमान है कि यदि एक भरे-पूरे मनुष्य को इस सख्ती से दबा दिया जाए कि उसके अंग का एक भी परमाणु पोला न रहे, तो उसकी देह सिमटकर एक ऐसे बिन्दु में समा जाएगी, जो आँखों से शायद ही दिखाई पड़े।

आणविक अनुसंधान से यह भी पता चला है कि परमाणु के नाभिक में इलेक्ट्रॉन और प्रोटॉन की जो घूर्णि चलती है, उसके फलस्वरूप बहुत-से इलेक्ट्रॉन, अकारण ही, विघटित होते रहते हैं। विघटीकरण की यह प्रक्रिया रेडियम में सबसे तेज होती है। और हम चाहे जो भी करें, जितना भी दबाव अथवा ताप डालें, किन्तु उससे विघटन की इस प्रक्रिया पर कोई असर नहीं होता। विज्ञान को अभी तक यह भी ज्ञात नहीं है कि ऐसा क्यों होता है। कारण-कार्य-नियम की अबाधता में विज्ञान का अटल विश्वास था; किन्तु वह नियम ऐसे प्रसंगों में आकर असमर्थ हो गया है।

भौतिकी में ऐसी ही क्रान्ति क्वांटम सिद्धान्त से भी घटित हुई है। इस विषय का आरम्भिक चिन्तन सन् 1900 ई. के आसपास मैक्स प्लैंक ने शुरू किया था। उनकी जिज्ञासा का विषय यह था कि उत्तप्त वस्तुओं से ताप किस प्रकार क्षरित होता है। ज्वलंत ताप तरंगमय होता है, यह बात पहले से मालूम थी। किन्तु तप्त वस्तुओं से निःसृत होनेवाला ताप सदा एक ही तरंग-दैर्घ्य (वेव लेंथ) में नहीं निकलता। तरंगें छोटी, बड़ी और

मीडियम—सभी प्रकार की होती हैं। मैक्स प्लैंक ने जानना यह चाहा कि इनमें से कौन-सी तरंग सबसे अधिक तापवाली होती है। इस जिज्ञासा का समाधान गणित और परीक्षण, दोनों ही विधियों से किया जा सकता था और प्लैंक ने दोनों विधियों से उसे जाँचा भी। किन्तु यह देखकर उन्हें चकित रह जाना पड़ा कि गणित की विधि से निकला हुआ परिणाम कुछ और तथा परीक्षण से निकला हुआ परिणाम कुछ और होता है।

इस विरोध के समाधान के लिए प्लैंक ने यह अनुमान निकाला कि ऊर्जा (एनर्जी) का क्षरण निरन्तर प्रवाह के रूप में नहीं होता, वह थोड़ा-थोड़ा करके, ठहर-ठहरकर निकलती है। इस प्रकार एक धक्के या 'जर्क' में निकलनेवाली ऊर्जा का माप उन्होंने एक क्वांटम माना। किन्तु ऊर्जा का प्लैंक परमाणु नहीं मानते थे। उनका अनुमान था कि परमाणु के भीतर कोई यांत्रिक प्रक्रिया होगी जिसके कारण ऊर्जा क्वांटम में क्षरित होती है। किन्तु आइंस्टीन ने इस विषय में जो संकेत दिया, वह यह है कि ऊर्जा का स्वरूप भी परमाणविक (एटॉमिक) है। इसे अत्यन्त असाधारण अनुसंधान कहना चाहिए। ऊर्जा को हम लोग हमेशा से ऐसी वस्तु मानते आए हैं, जो सतत प्रवाहशील होती है, जो रुक-रुककर नहीं चलती। निरन्तरता की दृष्टि से गति, दूरी और समय के सम्बन्ध में हमारी जो धारणा है, वही धारणा हम ऊर्जा के बारे में भी रखते हैं। प्रश्न उठता है कि यदि ऊर्जा का स्वरूप परमाणविक है, तो देश और काल भी परमाणुओं से बने हैं या नहीं? अभी कहीं भी इसका कोई उत्तर नहीं दीखता। सम्भव है, आगे चलकर देश और काल के स्वरूप भी परमाणविक सिद्ध हो जाएँ। द्रव्य, विद्युत और ऊर्जा—ये सब-के-सब परमाणविक सिद्ध हो चुके हैं। अब, शायद देश और काल की ही बारी है।

क्वांटम सिद्धान्त पर आगे जो काम हुए, उनसे यह भी पता चला कि इलेक्ट्रॉन, जो द्रव्य के लघुतम अविभाज्य अंश हैं, उनका आचरण कभी तो कण के समान होता है और कभी तरंग के समान। किसी प्रयोग से इलेक्ट्रॉन तरंग दिखाई देते हैं और किसी प्रयोग से कण। एडिंगटन ने उनके दोनों रूपों को समन्वित करके उनका नया नाम Wavicle रखा है, जिससे यह सूचित हो कि इलेक्ट्रॉन तरंग (Wave) भी हैं और कण (Particle) भी।

क्वांटम सिद्धान्त का परमाणु पर प्रयोग पहले-पहल डेनमार्क के एक वैज्ञानिक नियल बोर ने किया। बोर से पहले मान्यता यह थी कि परमाणु के भीतर घूर्णिशील इलेक्ट्रॉन से ऊर्जा बराबर क्षरित होती रहती है। बोर ने दिखलाया कि ऐसा नहीं होता। नाभिक के चारों ओर कई वृत्तों की काल्पनिक रेखाएँ हैं जिन पर इलेक्ट्रॉन घूमा करते हैं। किन्तु जब तक वे इन रेखाओं पर रहते हैं, तब तक उनसे ऊर्जा क्षरित नहीं होती। ऊर्जा उनसे तब निकलती है, जब वे कंगारू के समान एक रेखा से कूदकर दूसरी रेखा पर जाते हैं। प्लैंक ने जिसको जर्क (धक्का) कहा था, वह शायद इलेक्ट्रॉन की इसी कंगारू-कूद का परिणाम था। किन्तु इलेक्ट्रॉन को तरंगकल्प आचरण बोर के सिद्धान्त का समर्थन नहीं करता और सच तो यह है कि अब बोर का सिद्धान्त कुछ पीछे छूटता जा रहा है। और उसकी जगह पर जो नये अनुमान प्रचलित किए गए हैं, उनसे भी द्रव्य का विश्लेषण सूक्ष्म से सूक्ष्मतर होता जा रहा है। ज्यों-ज्यों भौतिकी प्रगति करती है, द्रव्य का रूप अत्यन्त असाधारण और बुद्धि के लिए अगम्य बनता जा रहा है।

क्वांटम-सिद्धान्त-विषयक अनुसंधानों का एक बड़ा परिणाम यह निकला कि उतने दिनों से निश्चिन्त आता हुआ नियतिवाद अथवा डिटरमिनिज्म का सिद्धान्त संदिग्ध हो गया। अभी हाल तक वैज्ञानिक यह विश्वास करते थे कि वर्तमान स्थिति के सम्यक् ज्ञान से भविष्य का कथन किया जा सकता है और इसमें कोई सन्देह नहीं है कि आकाश-स्थित ग्रहों के बारे में जो भी भविष्यवाणियाँ की गईं, वे बराबर सच निकलीं। सच वे आज भी निकलती हैं। किन्तु अपने ही दर्शन के स्तर पर विज्ञान ने जो कुछ देखा है, उससे अब वह अपने नियमों पर शंका करने लगा है। इस शंका का जन्म इलेक्ट्रॉन की लीला से हुआ। जैसाकि ऊपर कहा गया है, रेडियम के भीतर जो परमाणु होते हैं, उनमें से कुछ परमाणु आप-ही-आप विघटित होते रहते हैं। किन्तु विज्ञान यह नहीं बता सकता कि ऐसा क्यों होता है। परमाणु विघटित होते हैं, यह तथ्य है, किन्तु रेडियम के किसी भी परमाणु के विषय में विज्ञान यह बताने में असमर्थ है कि वह अभी विघटित होगा या अब से हजार वर्ष बाद। इसका कारण क्या है? क्या

परमाणु के बारे में विज्ञान की जानकारी अभी पूरी नहीं हुई? अथवा कारण-कार्य के जिस नियम को विज्ञान उतना अटल मानता था, वह नियम ही झूठ है? विज्ञान इस स्थिति में नहीं है कि वह इनमें से किसी भी प्रश्न का कोई समीचीन उत्तर दे सके।

नियतिवाद के विरुद्ध अनिश्चितता (इनडिटरमिनेसी) का जो अनुमान विज्ञान को भासित हो रहा है, उसका आधार यह है कि हम प्रकृति के आचरणों का सही ज्ञान तब तक नहीं प्राप्त कर सकते, जब तक उसकी प्रक्रिया को हम रोक न दें। किन्तु प्रकृति की स्वाभाविक प्रक्रिया को रोककर हम उसका जो ज्ञान प्राप्त करेंगे, वह उसके जीवित, गतिशील रूप का ज्ञान नहीं होगा। मृत शरीर के अध्ययन से जो ज्ञान प्राप्त होता है, वह स्पष्ट ही जीवित व्यक्ति का ज्ञान नहीं है। किन्तु यह अनिश्चितता सबसे अधिक प्रखर इलेक्ट्रॉनों के अध्ययन में दिखाई देती है।

इलेक्ट्रॉन इतने सूक्ष्म होते हैं कि उनकी सत्ता का ज्ञान हमें तब तक होता ही नहीं, जब तक वे किसी अन्य द्रव्य के साथ ऊर्जा का विनियम न करें। और जब भी ऐसा विनियम होता है, तब कम-से-कम एक क्वांटम ऊर्जा अवश्य क्षरित होती है। किन्तु इलेक्ट्रॉन इतने हलके और सूक्ष्म होते हैं कि एक क्वांटम ऊर्जा से भी उनकी स्थिति इधर-से-उधर होने लगती है। अब परीक्षण की कठिनाई यह है कि यदि तीव्र प्रकाश से उन्हें देखा जाए, तो वे विचित्र प्रकार से चंचल हो उठते हैं और क्षीण प्रकाश से उनकी स्थिति का कोई ज्ञान नहीं हो पाता। नतीजा यह है कि किसी भी परीक्षण से उनका सम्यक् अध्ययन नहीं किया जा सकता।

इस स्थिति से स्पष्ट भासित होता है कि कारण-कार्य का नियम प्रकृति में भी सर्वत्र नहीं चलता। एडिंगटन ने एक स्थान पर यह संकेत दिया भी है स्वतंत्र संकल्प (फ्री विल) जैसे किसी सिद्धान्त का आरोप किये बिना आगे की राह कठिन दिखाई देती है और ऐसा उन्होंने इसलिए नहीं कहा है कि इस आरोप का वे कोई अस्थायी लाभ विज्ञान को देना चाहते हैं, प्रत्युत उनका विचार है कि जैसे कारण-कार्य का नियम मौलिक नियम है, वैसे ही स्वतंत्र संकल्प का नियम भी मूलभूत नियम हो सकता है।

ये दोनों विकल्प सत्य हो सकते हैं। प्रकृति के स्थूल रूपों पर तो कारण-कार्य और नियतिवाद के सिद्धान्त स्पष्ट ही सफल सिद्ध हुए हैं। किन्तु यह भी दिखाई देने लगा है कि स्थूल के प्रचलित नियमों से सूक्ष्म का वास्तविक ज्ञान प्राप्त नहीं किया जा सकता। आवश्यकता शायद इसी बात की है कि सूक्ष्म के ऐसे नियम पहले खोजे जाएँ, जिनसे स्थूल के नियम आप-से-आप निकलते हों। अब सृष्टि की कुंजी परमाणु नहीं, इलेक्ट्रॉन है। अतएव इलेक्ट्रॉन के नियमों से ही किया गया परमाणु का विश्लेषण सही वैज्ञानिक विश्लेषण होगा।

गणित और भौतिकी के नवीन अनुसंधानों से विश्व की जो कल्पना निकली है, उसकी व्याख्या करते हुए सर जेम्स जीन्स (1877-1946 ई.) ने लिखा है कि सृष्टि की प्रक्रिया तभी समझ में आ सकती है, जब कोई उसका चित्र खींच दे। नई भौतिकी ने ऐसे दो चित्र बनाए हैं, जिनके नाम कण और तरंग हैं। (अर्थात् इलेक्ट्रॉन कण भी हैं और तरंग भी) किन्तु इन दोनों में से कोई भी चित्र हमें पूरे सत्य के दर्शन नहीं करा सकता। कण-चित्र का उपयोग फोटो-विद्युत-इफेक्ट के लिए और तरंग-चित्र का उपयोग प्रकाश-इफेक्ट के लिए किया जाता है। इसलिए दोनों सत्य और दोनों उपयोगी हैं। अब यदि इन चित्रों से यह प्रश्न किया जाए कि प्रकृति कारण-कार्य-नियम के अधीन है या नहीं, तो कण-चित्र स्पष्ट कहेगा कि प्रकृति कारण-कार्य-नियम के अधीन नहीं है, क्योंकि कणों की गति कंगारू के उछलने की गति के समान है और इस कूद पर कारण-कार्य नियम का प्रतिबन्ध नहीं होता। किन्तु तरंग-चित्र कहेगा कि प्रकृति कारण-कार्य-नियम के अधीन है, क्योंकि प्रत्येक तरंग अपने पहले वाली तरंग से चालित होती है। इसी प्रकार, इन चित्रों से यदि हम यह पूछें कि वास्तविकता अन्त में जाकर परमाणविक है अथवा और कुछ तो कण-चित्र का उत्तर होगा कि वास्तविकता का अन्तिम रूप परमाणविक ही है, क्योंकि द्रव्य, विद्युत और विकिरण (रेडियेशन)—ये सब परमाणु के रूप में ही अवस्थित हैं। किन्तु तरंग-चित्र यहाँ कठिनाई में पड़ जाएगा। उसका सम्भावित उत्तर यही हो सकता है कि हमें ऐसी वस्तुओं का कोई पता नहीं है।

ऐसा क्यों होता है? केवल इस कारण कि कण-चित्र पुराने क्वांटम-सिद्धान्त पर आधारित हैं और तरंग-चित्र का आधार नया क्वांटम-सिद्धान्त है और वह गणित से भी सिद्ध पाया गया है। इसीलिए तरंग-चित्र का उत्तर हमेशा सही; किन्तु कण-चित्र का उत्तर कभी सही और कभी झूठ होता है।

विज्ञान के अहंकार को सबसे बड़ी ठेस यह लगी है कि कारण-कार्य (कौजेल्टी) का जो सिद्धान्त द्रव्य के सभी रूपों के विश्लेषण में उतना अधिक सफल पाया गया था, वह इलेक्ट्रॉन के विश्लेषण में झूठ हो गया है। निःसंग परमाणु और इलेक्ट्रॉन—ये दोनों ऐसे आचरण करते हैं, मानो वे स्वेच्छाचारी और स्वाधीन हों! इलेक्ट्रॉन के स्वभाव की इस स्वेच्छाचारिता के कारण डिटरमिनिज्म का सिद्धान्त, निश्चित रूप से खंडित हो गया है और उसके स्थान पर अनियतिवाद अपना पाँव जमाने लगा है। इससे भौतिकी के अनेक नेता बहुत ही चिन्तित हो उठे हैं। आइंस्टीन और मैक्स प्लैंक ने यह आशा व्यक्त की है कि अनियतिवाद केवल कुछ दिनों तक ही टिकेगा। देर-अबेर नियतिवाद का सिद्धान्त भौतिकी में फिर से वापस आनेवाला है; किन्तु एडिंगटन आदि आचार्यों का मत है कि डिटरमिनिज्म विज्ञान से सदा के लिए चला गया।

वास्तविकता का असली स्वरूप क्या है, इसे जानने के सारे प्रयास व्यर्थ हुए हैं और जिस ज्ञान को वैज्ञानिक गणित-सिद्ध मानते हैं, उसका भी बहुत-सा भाग ऐसा है, जो सामान्य बुद्धि की पकड़ में नहीं आता। उदाहरणार्थ, अभिनव विज्ञान की यह स्थापना रहस्यवाद से मिलती-जुलती-सी लगती है कि देश (अर्थात् आकाश या स्पेस) निर्बंध होता हुआ भी ससीम (अनबाउंडेड बट फाइनाइट) है। विज्ञान की दूसरी मान्यता यह है कि क्षण-क्षण स्पेस का अपरिमित विस्तार होता जा रहा है, मानो बैलून को कोई फूँक रहा हो और वह पल-पल फैलता जाता हो। आकाश में स्थित ग्रह परस्पर दूर होते जा रहे हैं, इस स्थिति को देखकर आकाश के फैलने की बात कुछ-कुछ सच मालूम होती है। किन्तु आकाश फैलता है, तो वह किसमें फैलता है? शून्य के बाहर जो शून्य है, वह क्या कोई और तत्त्व है? कुछ समझ में नहीं आता। किन्तु यहाँ यह बात विचारणीय हो जाती

है कि भारत में यूनिवर्स का पर्याय ब्रह्मांड है। यह शब्द 'ब्रह्म' से बना है और ब्रह्म शब्द 'बृं ह्' धातु से बनता है, जिसका अर्थ बढ़ना होता है। कहीं ऐसा तो नहीं है कि ब्रह्मांड के सतत बढ़ते रहने का ज्ञान भारत के ऋषियों को था और इसीलिए उन्होंने इसका नाम ब्रह्मांड रखा?

ऐसी ही शंका देश और काल के बारे में भी उठती है। न्यूटन की मान्यता थी कि देश और काल परस्पर भिन्न और दो अलग सत्ताएँ हैं। यह बात सामान्य बुद्धि से सही मालूम होती है, क्योंकि यद्यपि ग्रह और नक्षत्र कहीं-न-कहीं देश में ही अवस्थित हैं; किन्तु उनकी स्थिति से देश के स्वभाव में कोई अन्तर नहीं आता। देश तो तब भी रहा होगा, जब ये ग्रह-नक्षत्र नहीं जन्मे होंगे और तब भी रहेगा जब सारे ग्रह-नक्षत्र विनष्ट हो जाएँगे। यही अवस्था काल की भी है। सूर्य के उगने या डूबने से, घड़ी के लोलक के चलने अथवा राजाओं के जन्म या मृत्यु से काल की जो नाप की जाती है, वह मनुष्य की अपनी मानसिक क्रिया है। अन्यथा काल तो इन सभी चीजों से तटस्थ है। वह तब भी था जब सृष्टि नहीं बनी थी और वह उस समय भी रहेगा, जब सृष्टि विनष्ट हो जाएगी। भारत में काल को बुढ़ापे और मृत्यु का कारण माना गया है। किन्तु यह भी काल को नापने की ही क्रिया की भाषा है। अन्यथा काल तो तटस्थ है। वह किसी के मरण का कारण क्यों बनेगा?

किन्तु अब आइंस्टीन ने देश और काल से उनकी तटस्थता छीन ली है और यह सिद्ध कर दिखाया है कि वे भी घटनाओं में भाग लेते हैं। इससे भी अधिक विचित्र स्थापना यह है कि देश और काल मिलकर एक हैं और वे चार डायमेंशनों में अपना काम करते हैं। यहाँ यह प्रश्न उठता है कि दो डायमेंशनों (लम्बाई और चौड़ाई) में तो हम पाँव से चलते हैं और तीसरा डायमेंशन जो मोटाई, घनत्व या ऊँचाई है, उसमें सीढ़ियों के सहारे चला जा सकता है। किन्तु काल के डायमेंशन अर्थात् अतीत और भविष्य में हम कैसे पहुँचें? क्या स्मृति और कल्पना—ये भी अब भौतिकी के वृत्त में आनेवाले हैं?

ऋग्वेद के नासदीय सूक्त में यह प्रश्न उठाया गया है कि 'जब कुछ नहीं था तब क्या रहा होगा?' और इसके उत्तर में यह कहा गया है कि

तब दिन भी नहीं था और रात भी नहीं थी, जीवन भी नहीं था और मृत्यु भी नहीं थी। उस समय प्रत्येक तत्त्व की अविद्यमानता विद्यमान थी। सूर्य न हो, चन्द्रमा न हो, राजा-प्रजा और सारे द्रव्य विनष्ट हो जाएँ, काल तब भी रहेगा, यह बात समझ में आती है। किन्तु किसी प्रकार यदि सारा आकाश सिमटकर एक बिन्दु बन जाए अथवा वह लुप्त ही हो जाए, काल तब भी रहेगा या नहीं, इस सवाल का कोई जवाब नहीं सूझता। एक हल्की-सी सम्भावना जरूर दीखती है कि देश के विलय के साथ काल का भी विलय हो सकता है। शायद नासदीय सूक्त की अनुभूति आगे चलकर भौतिकी द्वारा सत्य प्रमाणित होगी।

ये विज्ञान की नई दार्शनिक प्रवृत्तियाँ हैं, जो यह सूचना देती हैं कि हम विचारों के किसी सर्वथा नवीन युग के समीप आ गए हैं। विज्ञान में जड़ता का युग शायद समाप्त हो रहा है। न्यूटन आस्तिक थे, किन्तु नास्तिकता के प्रचार में उन्हीं के सिद्धान्तों ने सबसे अधिक योग दिया। सृष्टि यंत्र है, देश और काल परस्पर स्वतंत्र सत्ताएँ हैं और प्रकृति के भीतर सब कुछ गणित की निश्चितता से घटित हो रहा है, इन स्थापनाओं के बाद और रह क्या गया था, जिसके लिए आदमी अदृश्य वास्तविकता को समझने की कोशिश करता?

भौतिकवाद को शक्ति इसी न्यूटनीय विज्ञान से प्राप्त हुई। ये भौतिकवादी लोग मानते थे कि द्रव्य, देश और काल–ये सम्पूर्ण वास्तविकता हैं। चेतना को वे भूत की प्रक्रिया से उद्‌भूत अत्यन्त उपेक्षणीय घटना मानते थे। उनकी मान्यता थी कि चेतना फोटॉन, इलेक्ट्रॉन और द्रव्य की मिश्रित गति से उत्पन्न कोई चीज होगी। विचार को भी वे मस्तिष्क में घटित होनेवाली यांत्रिक प्रक्रिया का नतीजा और भाव को शारीरिक प्रक्रिया का परिणाम समझते थे। और सभी विज्ञान उसका समर्थन करते थे, क्योंकि चेतना शरीर से अलग कहीं दिखाई नहीं देती है।

किन्तु नई भौतिकी कुछ और ही संकेत देती है। सबसे पहले तो देश और काल को वह परस्पर परिवर्तनीय मानती है। फिर उसका यह भी अनुमान है कि देश और काल के भीतर केवल द्रव्य और विकिरण ही नहीं, बहुत-सी और भी चीजें हैं, जिनका महत्त्व है। जिस भौतिक जगत को हम

आँखों अथवा यंत्रों से देखते हैं, वह वास्तविकता का न तो असली रूप है, न उसे हम पूरी वास्तविकता कह सकते हैं। असली या पूरी वास्तविकता कुछ और है और जो कुछ हमें दिखाई देता है, वह उसका बिम्ब (एपियरेंस) मात्र है। सर जेम्स जीन्स ने लिखा है कि वास्तविक विश्व की कल्पना हम एक अगाध नदी के रूप में कर सकते हैं। हमारा दृश्य-जगत उस नदी की ऊपरी सतह के समान है, जिसके नीचे की चीजें हमें दिखाई नहीं देतीं। इस नदी के अगाध तल में जो घटनाएँ घटती हैं, उनसे उत्पन्न कुछ तंरगें और वीचियाँ हमें सतह पर भी देखने को मिल जाती हैं। ये तरंगें और लहरें ही हमारे दृश्य-जगत की ऊर्जा-तरंग और विकिरण हैं, जिनका प्रभाव हमारी इन्द्रियों पर पड़ता है और जो हमारे मस्तिष्क को क्रियाशील बनाते हैं। किन्तु जल की अगाधता तो इन तरंगों के बहुत नीचे प्रच्छन्न है। उसके विषय में निश्चित रूप से हम कुछ भी नहीं जानते और जो कुछ हम जानते हैं, वह हमारा अनुमान मात्र है।

जीन्स ने आगे और भी कहा है कि हमारे दृश्य-जगत की सारी क्रियाएँ मात्र फोटॉन और द्रव्य अथवा भूत की क्रियाएँ हैं तथा इन क्रियाओं का एकमात्र मंच देश और काल है। इसी देश और काल ने दीवार बनकर हमें घेर रखा है। वास्तविकता के जो बिम्ब हम इन दीवारों पर देखते हैं, वे ही भूत के कण और उनकी लीलाएँ हैं। असल में, जिस वास्तविकता की छाया इन दीवारों पर पड़ रही है, वह स्वयं देश और काल से परे है।

शंकराचार्य ने इस दृश्य-जगत को मिथ्या कहा था। नई भौतिकी उसे मिथ्या नहीं कहती; किन्तु यह अनुमान अब उसे भी होने लगा है, जो कुछ दृश्य है, वही सम्पूर्ण यथार्थ नहीं हो सकता। अतएव वह मानती है कि देश और काल की दीवार भी सत्य हैं, उस पर पड़नेवाले बिम्ब भी सत्य हैं (क्योंकि इन्हीं बिम्बों से हमारी इन्द्रियाँ प्रभावित होती हैं) और जो वस्तु देश और काल से परे रहकर ये बिम्ब फेंक रही है, वह भी सत्य होगी। सम्पूर्ण सत्य कदाचित इन सभी सत्यों के समवाय में है।

नई भौतिकी की तुलना में पुरानी भौतिकी अर्थात् न्यूटन से लेकर पुराने क्वांटम-सिद्धान्त तक की भौतिकी का दोष यह था कि वह बिम्ब (एपियरेंस) को ही सम्पूर्ण सत्य मानती थी और देश तथा काल से अपने

को सीमित किये हुए थी, बल्कि उसे इतना भी अनुमान न था कि देश और काल से परे भी कोई वास्तविकता हो सकती है। नई भौतिकी की विशेषता यह है कि वह दुराग्रह छोड़ रही है और उसके भीतर यह अनुमान उत्पन्न होने लगा है कि बिम्ब वाले विश्व को समझने के लिए भी यह आवश्यक है कि हम दीवार से परे वाली वास्तविकता का ज्ञान प्राप्त करें।

सर आर्थर स्टैनले एडिंगटन (1882-1944 ई.) ने विज्ञान की दार्शनिक प्रवृत्तियों का उल्लेख किया है। यद्यपि ये प्रवृत्तियाँ अभी बहुत स्पष्ट नहीं हैं; किन्तु एडिंगटन का विचार है कि इस ओर वैज्ञानिकों को ध्यान देना चाहिए। विज्ञान की नई प्रवृत्तियाँ हमें जिस ऊँचाई पर ले गई हैं, वहाँ से दर्शन का समुद्र दिखाई देने लगा है। आइंस्टीन, हेजनबर्ग और बोर के सापेक्ष्यवाद और क्वांटम के सिद्धान्तों ने पिछले बीस वर्षों के भीतर यह स्थिति उत्पन्न कर दी है कि वैज्ञानिक भी धर्म की सम्भावनाओं में विश्वास कर सकें। भौतिकी के दार्शनिक को चाहिए कि भौतिकी से आगे अब वह उस भूमि का संधान करें, जो भूत और अध्यात्म की सीमा पर पड़ती है।

वास्तविकता केवल दृश्य-जगत तक ही सीमित नहीं है। आदमी केवल सनसनाहटों का पुंज नहीं होता, उसमें ध्येय और दायित्व भी होते हैं। वह त्यागी, तपस्वी और रहस्यवादी संत भी होता है। जगत एक नहीं, दो हैं। भौतिक के साथ-साथ एक आध्यात्मिक विश्व भी है। मनुष्य के अनुभव का अर्थ वह अनुभव भी है, जो उसे बाह्य विश्व से प्राप्त होता है और वह अनुभव भी, जो उसे आत्मा से उपलब्ध होता है। और विज्ञान तो वही सम्पूर्ण होगा, जो मनुष्यों के इन दोनों प्रकार के अनुभवों को स्वीकार करे। किन्तु दुर्भाग्यवश भौतिकी इन दोनों विश्वों को अभी अपने आलिंगन में बाँधने में असमर्थ है।

और भौतिकी की अब तक की परेशानी भी कम नहीं है। जब भौतिकी का आरम्भ हुआ, उसके हाथ की चीजें ठोस थीं। पानी हवा की चोट के नीचे बहता था और वह गुरुत्वाकर्षण तथा हाइड्रोडायनिमिक्स के नियमों के अधीन था। किन्तु वस्तुओं का यह ठोसपन माया के समान निस्सार निकला। तरल में से हमने ठोस तत्त्व परमाणु निकाला, फिर उसे

इलेक्ट्रॉन में विभक्त कर दिया। किन्तु इलेक्ट्रॉन बनते ही ठोस चीज हमारे हाथों से गायब हो गई। संतोष इतना ही है कि इलेक्ट्रॉन और प्रोटॉन के रूप में चीजों का सूक्ष्मतम रूप अब भी वर्तमान है। किन्तु क्वांटम का सिद्धान्त इन्हें भी बहुत स्थूल समझता है, अतएव इनसे आगे वह हमें एक ऐसी जगह लिये जा रहा है, जहाँ गणित के प्रतीकों के सिवा और कुछ भी नहीं है। जो ठोस था, वह गलकर शून्य हो गया है और हम आकार का हिसाब निराकार के पट पर लिख रहे हैं। पंडित नेहरू के शब्दों में : 'ठोस दुनिया पिघलकर गणित का कोई विचार अथवा छलना बन गई है, जो माया-सिद्धान्त के बहुत ही समीप है।'

प्राचीन विश्व में मन भ्राँतियों और माया का मूल माना जाता था। उससे बचने को मनुष्य विश्व का नये ढंग से विश्लेषण करने लगा; किन्तु अब उसे फिर भासित हो रहा है कि जिस रोग से वह बचना चाहता था, वह अब भी उसके साथ है। भ्राँति से भागकर हम वास्तविकता को छूने चले थे, किन्तु ज्ञात हमें यह हो रहा है कि यह वास्तविकता मनुष्य के भीतर भ्रम उत्पन्न करनेवाली शक्ति से सम्बद्ध है। कारण, मनुष्य का जो मन माया का जाल बुनता है, वह वास्तविकता का भी एक मात्र साक्षी है। सत्य से माया का वही सम्बन्ध है, जो धुएँ का आग से है।

आदमी जब तक थाह में रहता है, तब तक अकड़ उसकी शेष रहती है; किन्तु अथाह में पहुँचने पर वह ईश्वर को पुकारे या नहीं, अकड़ तो वह छोड़ ही देता है। विज्ञान का भी यही हाल हुआ है। जब तक वह अथाह में न पहुँचा था, न्यूटनीय सिद्धान्तों के भरोसे वह निश्चिन्त था; किन्तु अथाह में पहुँचते ही वह यह मान गया है कि अब पहले की-सी निश्चिन्तता और आत्मविश्वास के साथ कोई भी बात जोर से नहीं कही जा सकती। यह विनम्रता की निशानी है और इसमें कोई सन्देह नहीं कि आज का विज्ञान अब से तीस वर्ष पहले की अपेक्षा कहीं विनम्र है। विज्ञान के जिस मंच से पहले यह आवाज सुनाई पड़ती थी कि वस्तुओं का अतीत यदि हमें ज्ञात है तो हमारे लिए यह बताना तनिक भी असम्भव नहीं कि उनका भविष्य क्या होगा; अब उसी मंच से यह बात सुनाई पड़ रही है कि विज्ञान का तो अभी आरम्भ मात्र है और उसकी सीमाएँ भी अनेक हैं।

आज बड़े-बड़े विज्ञानाचार्य एक विचित्र उत्साह से यह घोषणा करने लगे हैं कि विज्ञान से हमें जो ज्ञान प्राप्त होता है, वह वास्तविकता के केवल एक अंश का ज्ञान है और अब हम पर यह बाध्यता नहीं है कि विज्ञान जिन विषयों की उपेक्षा करता है, उन्हें हम भी उपेक्षणीय मानकर छोड़ दें।

विज्ञान की इस नई प्रवृत्ति से उन सभी लोगों के भीतर आशा सुगबुगाने लगी है, जो आधिभौतिक दर्शन में विश्वास करना नहीं चाहते थे; किन्तु तब भी जिन्हें आधिभौतिक विश्वासों से बाहर निकलने की राह अलभ्य थी। विज्ञान ने जिस विश्व की कल्पना की थी, उसे अन्तिम सत्य मान लेने का स्वाभाविक परिणाम यह था कि उस विश्व में मनुष्य का स्थान तिनके के समान तुच्छ हो जाता था। विज्ञान का विश्व विवेक-शक्ति और ध्येयों से सर्वथा विहीन एक ऐसा परम विशाल यंत्र था, जिसका संचालन गणित करता था और आदमी इस यंत्र से निकला हुआ कोई आनुषंगिक जीव था, जिसके सामने कोई ध्येय नहीं, जिसके जीवन का कोई अर्थ नहीं और जो अपने आपका भी स्वामी नहीं, प्रत्युत कारण-कार्य-नियम से उतना ही अधीन था, जितना कोई भी पशु, पेड़ या पौधा हो सकता है।

किन्तु जब से इलेक्ट्रॉन की स्वेच्छाचारिता ने नियतिवाद को चुनौती दी, तब से यह मानने का रास्ता खुल गया है कि केवल इलेक्ट्रॉन ही नहीं, मनुष्य भी नियतिवाद का अपवाद है। वह अपना प्रत्येक कार्य परिस्थितियों से चालित होकर नहीं करता, बहुत बार निर्णय उसके अपने हाथ में होता है; बल्कि सच तो यह है कि विकास की प्रक्रिया अब पेड़ों, पौधों और पशुओं में नहीं चलती। उसका एकमात्र क्षेत्र अब मनुष्य की मनोभूमि है। मनुष्य पशुओं की स्थिति से ऊपर उठकर मनुष्य हुआ है, यह सत्य है; किन्तु पशुता के बहुत-से अवशेष उसमें अभी भी वर्तमान है। मनुष्य का अगला विकास इस बात पर निर्भर करता है कि अपने भीतर संचित पाशविक संस्कारों से वह कहाँ तक मुक्त होता है तथा भौतिक, रासायनिक और प्राणिशास्त्र नियमों की वह कहाँ तक अवज्ञा कर सकता है। विकास एक लम्बा-ऊँचा सोपान है जिसकी सबसे ऊपर वाली सीढ़ी पर मनुष्य पहुँचा है। यह कैसे माना जाए कि विकास की सारी सम्भावनाएँ उसी मनुष्य में आकर समाप्त हो गईं, जिसे हम जानते हैं? स्वाभाविक तो यही

दीखता है कि मनुष्य का अभी और विकास होगा। यह विकास मनुष्य को अन्ततः क्या रूप देनेवाला है, इसकी विचिकित्सा असाध्य है। सम्भव है, वह पश्चिम के विकासवादी चिन्तकों की कल्पना का मनुष्य हो, जिसके दाँत, अंत्रपुच्छ और लोम नहीं होंगे, सम्भव है, वह श्री अरविन्द की कल्पना का अति-मनुष्य हो, जिसके पाँच की जगह छह या सात ज्ञानेन्द्रियाँ होंगी और जो बिना बोले ही बात तथा इच्छा मात्र से संततियाँ उत्पन्न करेगा, अथवा यह भी सम्भव है कि वह किसी और ही तरह का आदमी हो जाए। किन्तु इन दिशाओं में से किसी भी दिशा में जाने से पहले उसे पशुता से अपना सम्बन्ध निःशेष कर लेना होगा। मनुष्य पशुओं की दुनिया से अधिक-से-अधिक दूर भागे, यह उसके अगले विकास की सबसे पहली शर्त दीखती है।

विकास जड़ से निकलकर चेतन होता हुआ मस्तिष्क के धरातल तक आ पहुँचा है। अब यहाँ से उसका क्रिया-क्षेत्र या तो मस्तिष्क है या मस्तिष्क से ऊपरवाली भूमि, जिसे श्री अरविन्द ने अति-मस्तिष्क कहा है। विवेकशील मनुष्य प्राणिशास्त्र के नियमों के उतना अधीन नहीं होता, जितना विज्ञानवादी लोग समझते हैं। प्राणिशास्त्र के नियमों का पालन पशु करते हैं, जिनका सारा उद्देश्य अपने जीवन की रक्षा करना है। किन्तु मनुष्य तो बहुत बार दूसरों का दुःख दूर करने के लिए अपनी जान गँवा बैठता है। विकासवाद के सिद्धान्त से भी जनसाधारण की यही धारणा पुष्ट होती है कि विज्ञान के नियम जड़ पर पूर्ण रूप से, चेतन पर उससे कम और मनुष्य पर आकर सबसे कम चरितार्थ होते हैं।

चेतना केवल इन्द्रिय-ग्राह्य बिम्बों का समुच्चय नहीं है। भावना, उद्देश्य, मूल्य और विवेक भी चेतना के ही अंग हैं। किन्तु विज्ञान चेतना के उन्हीं रूपों की व्याख्या करता है, जो इन्द्रिय-ग्राह्य बिम्बों से सम्बद्ध हैं। एडिंगटन मानते हैं कि यह वास्तविकता की आंशिक व्याख्या मात्र है। पूरी वास्तविकता तो तभी व्याख्येय होगी, जब हम यह मानकर चलें कि मनुष्य केवल भूत ही नहीं, अध्यात्म भी है। इन्द्रिय-ग्राह्य बिम्बों का स्रोत खोजते-खोजते हम, निश्चित रूप से, बाह्य विश्व में पहुँच जाते हैं, जो विज्ञान का क्षेत्र है। किन्तु चेतना की कितनी ही ऐसी वीचियाँ भी हैं,

जिनका उद्गम खोजते-खोजते हम कहीं और चले जाते हैं। इस अपरिचित देश का संधान पाए बिना सम्पूर्ण वास्तविकता के ज्ञान का दावा बिलकुल बेकार है।

विज्ञानाचार्यों का यह स्वीकार करना कि अब तक का विज्ञान सृष्टि के स्थूल यंत्रों और उसके ढाँचों के ज्ञान का पर्याय है, बड़ी ही आशा की घोषणा है, क्योंकि इससे यह संकेत मिलता है कि स्थूल यंत्रों और ढाँचों के परे सृष्टि का जो अदृश्य रूप है, उसके सम्बन्ध में विज्ञान ने कोई पूर्वग्रह पैदा नहीं किया है। इस पूर्वग्रह के अभाव में हम यह मानने को स्वतंत्र हैं कि सौन्दर्य के प्रति हमारी रागात्मक वृत्ति और ईश्वर के साथ एकीभूत होने की हमारी रहस्यात्मक कल्पना बिलकुल निस्सार नहीं है। सम्भव है, इन वृत्तियों का भी कोई स्पष्ट लक्ष्य सृष्टि के भीतर प्रच्छन्न हो! अभिनव विज्ञान ने सृष्टि-विषयक जिस नवीन कल्पना को जन्म लेने की छूट दे दी है, उसमें केवल गणितज्ञ ही नहीं, रहस्यवादी संत और कलाकार भी रह सकते हैं।

[29 जून, 1959 ई.]

सगुणोपासना

धर्म की आदि कल्पना निराकार से उठी थी या साकार से, इस विषय में कोई ऐसा अनुमान नहीं लगाया जा सकता, जो सही या विश्वसनीय हो। हम केवल यही कह सकते हैं कि बहुत प्राचीनकाल से निराकार और साकार, दोनों की उपासना चली आ रही है। वेद संसार के प्राचीनतम ग्रन्थ हैं और उनका साक्ष्य भी प्राचीनतम ही समझा जाएगा। वेदों पर से स्वामी दयानन्द ने यह अनुमान निकाला था कि ईश्वर निर्गुण है, निराकार है और उसकी उपासना इसी रूप में की जानी चाहिए। किन्तु रामानुज, वल्लभाचार्य, निंबार्क और मध्व ने साकार की सिद्धि वेदों के प्रमाण से की थी और आज भी ऐसे पंडित मौजूद हैं, जो वेदों के प्रमाण से साकार की सिद्धि करते हैं।

यदि सम्पूर्ण मानवता की दृष्टि से देखें तो बौद्ध, जैन, ईसाइयत और इस्लाम–ये ऐसे धर्म हैं, जो साकार से दूर और निराकार के निकट पड़ते हैं, यद्यपि महायान बौद्ध धर्म में बुद्ध की मूर्ति की पूजा चलती है, जैन धर्म

में महावीर की और ईसाइयत में ईसा और मरियम की। इस्लाम मूर्तिपूजा में विश्वास नहीं करता, किन्तु ताजियों और कब्रों की पूजा इस्लाम में भी चलती है और सिक्ख धर्म में ग्रंथ साहब का वही स्थान है, जो हिन्दुओं के यहाँ देव-मूर्तियों का समझा जाता है।

निराकार तार्किक पंडितों का आविष्कार है। जनता अपने भावों का कोई स्थूल आधार चाहती है और वह प्रत्येक निराकारी मत को किसी-न-किसी दूरी तक साकारवादी बना देती है। निराकार मात्र शुद्ध विचार है, किन्तु जनता उस विचार को ऐसा रूप देना चाहती है, जो छुआ जा सके, सूँघा जा सके, देखा और सुना जा सके।

सत्य तो वही एक है, जो अजर, अमर है, अस्पृश्य और अदृश्य है। किन्तु ऐसे तटस्थ ब्रह्म से मनुष्य का काम नहीं चलता। वह ऐसा परमात्मा चाहता है जो प्रार्थनाएँ सुनकर द्रवित होता हो, जो गुहार और पुकार से पिघल सकता हो।

और इसीलिए परमात्मा दोनों रूपों में विराजता है, क्योंकि वह सर्वशक्तिमान है और स्थिति के अनुसार अनेक रूप धर सकता है। जो योगियों और ज्ञानियों के लिए अज, अरूप, निर्गुण और निराकार है, वही भक्तों के लिए आकार ग्रहण करता है। योगियों और ज्ञानियों की आध्यात्मिक अनुभूतियाँ जितनी सत्य हैं, उतनी ही सत्य भक्तों की भी अनुभूतियाँ हैं, जिनके बारे में यह कहा जाता है कि भगवान को उन्होंने राम या कृष्ण के रूप में देखा था अथवा यह कि भगवान किसी और रूप में उनके समीप आए थे।

प्रत्येक धर्म के भीतर यह दावा किया जाता है कि उसके अमुक भक्त ने उस धर्म के आचार्य के दर्शन किये थे। हिन्दू धर्म किसी आचार्य या पैगम्बर का चलाया हुआ धर्म नहीं है, मगर उसमें भी अवतार हुए हैं, ऋषि और आचार्य हुए हैं। जिन हिन्दुओं के बारे में यह कहा जाता है कि उन्होंने विष्णु, शंकर या शक्ति के दर्शन किये थे, उनकी संख्या अपार है।

सबसे ताजा उदाहरण परमहंस रामकृष्ण का है। काली की पत्थर की प्रतिमा परमहंस रामकृष्ण से बातचीत करती थी और उनके प्रश्नों के उत्तर देती थी। रामकृष्ण के जीवन का एक ऐसा भी प्रसंग है, जिससे ज्ञात होता

है कि सगुण और निर्गुण, दोनों ठीक हैं। रामकृष्ण तो सगुणोपासक थे, क्योंकि वे काली की प्रतिमा की पूजा करते थे। किन्तु बाबा तोतापुरी निर्गुणवादी और अद्वैत के साधक थे। जब वे रामकृष्ण के पास आए, उन्होंने रामकृष्ण से पूछा, 'क्यों रे, अद्वैत की साधना सीखेगा?' रामकृष्ण ने कहा, 'पहले मैं अपनी माँ से जरा पूछ आऊँ।' तोतापुरी जी ने समझा, इसकी सचमुच की कोई माँ होगी, जिससे पूछने गया है। किन्तु रामकृष्ण तो काली मन्दिर में जाकर लौट आए और बोले, 'हाँ, अद्वैत साधना सीखूँगा। माँ ने मुझे ही सिखाने के लिए तो आपको यहाँ बुलाया है।'

तोतापुरी तो अद्वैतवादी योगी थे। रामकृष्ण का यह बालसारल्य देखकर वे हँसे कि यह भी कितना सीधा लड़का है! किन्तु साधना के क्रम में जब तोतापुरी जी ने रामकृष्ण को समाधि लगवाई, तब वह इतनी ऊँचाई पर पहुँच गई कि दो दिनों तक वह टूटी ही नहीं। तोतापुरी मन-ही-मन अचरज करने लगे कि यह कितने आश्चर्य की बात है कि जिस स्थिति तक पहुँचने में मुझे चालीस वर्ष लग गए, वह स्थिति इसे केवल तीन दिनों में प्राप्त हो गई!

सगुण की चोटी पर पहुँचा हुआ साधक निर्गुण की चोटी पर भी आसानी से पहुँच जाता है और निर्गुण की चोटी पर चढ़ा हुआ व्यक्ति भी सगुण तक आसानी से जा सकता है।

निर्गुण पर्वत है, सगुण समुद्र है। समुद्र के किनारे से पर्वत की चोटी हर एक को दिखाई देती है। किन्तु समुद्र तो उसी को दिखाई देगा जो पर्वत की चोटी पर पहुँच गया है।

रामकृष्ण ने कुछ समय के लिए इस्लाम की विधि से साधना की थी और हजरत मुहम्मद के उन्होंने दर्शन किए थे। फिर उन्होंने ईसाइयत की विधि से साधना की थी और हजरत ईसा के दर्शन किए थे। इस्लाम और ईसाइयत की नदियाँ भी उन्हें उसी समुद्र में ले गई, जो एक और अनन्त है।

जैसे साहित्य का पेंडुलम क्लासिक और रोमांटिक के बीच डोलता रहता है, उसी प्रकार धर्म का पेंडुलम भी कभी निराकार की ओर जाता है और कभी साकार की ओर। वेद और वेदान्त से साकार की सिद्धि अनेक बार की गई है, किन्तु वेदों का प्रमुख प्रभाव निराकार के पक्ष में था। तब

साकार का उत्थान हुआ और पुराणों की रचना हुई। शंकराचार्य ने अद्वैत की प्रथा चलाई थी, जिससे सगुण खंडित होता था। तब उस नीरसता के विरुद्ध प्रतिक्रिया हुई और रामानुज तथा वल्लभाचार्य ने सगुण धर्म का प्रतिपादन किया। यही बात इस्लाम के आगमन के बाद दुहराई गई। कबीर मूर्तिपूजा के विरोधी थे और शिक्षा वे निर्गुण की देते थे। किन्तु उनकी निर्गुण धारा के बाद सूर और तुलसी का आविर्भाव हुआ, जिन्होंने सगुणोपासना की हिलती जड़ों को सुदृढ़ बना दिया। राम का अस्तित्व कबीर साहब भी मानते थे, किन्तु वे दाशरथी राम के भक्त नहीं थे :

संतो, आवै जाय सो माया।
क्या मकसूद मच्छ-कछ होना
शंखासुर न संधारा।
है वह अजय सभी का साईं
कहहु कौन को मारा?
दसरथ के गृह ब्रह्म न जनमे,
ई छल माया कीन्हां।
कहै कबीर सुनो भाई साधो,
कोई कोई निज को चीन्हां।

तथा :

दसरथ सुत तिहुँ लोक बखाना।
राम नाम को भरम है आना॥

लगता है, कबीर आदि के इस निर्गुण मत को भ्राँत मानकर ही तुलसीदास ने ललकारकर कहा था :

मंगल भवन अमंगल हारी।
द्रवहु सो दशरथ अजिर बिहारी॥

मानो कबीर साहब को ही सम्बोधित करके तुलसीदास जी ने कहा था कि आप दाशरथी राम को राम नहीं मानते। लेकिन मेरे लिए दशरथ के आँगन में खेलनेवाला राम ही असली राम है, परब्रह्म है।

इस्लाम के प्रभाव के कारण देश में जो निराकारवादिता फैल रही थी, तुलसीदास जी उसके विरुद्ध थे। वे इस्लाम का विरोध नहीं करते थे; किन्तु कबीर और जायसी ने निराकार उपासना का जो प्रचार किया था, वह तुलसीदास जी को पसन्द नहीं था। उन्होंने कहा है :

साखी सबदी दोहरा, कहि कहिनी उपखान।
भगत निरूपहिं भगति कलि, निन्दहिं वेद पुरान॥

यहाँ 'साखी', 'सबदी', 'दोहरा' का अभिप्राय कबीर से है और 'कहिनी' तथा 'उपाखान' से संकेत जायसी की ओर है। संयोग से ये दोनों कवि मुसलमान थे। किन्तु तुलसीदास जी ने हिन्दुओं को भी नहीं बख्शा। गुरु गोरखनाथ पर चोट करते हुए उन्होंने कहा है :

गोरख जगायो जोग,
भगति भगायो लोग।

गोरख ने ऐसा योग जगाया कि लोगों की भक्ति भाग गई। अध्यात्म का उद्देश्य मनुष्य के चित्त का शुद्धीकरण है, उसकी चेतना की एकाग्रता और मन की निःशब्दता है। तुलसीदास चाहते थे कि कोई ऐसा मार्ग चलाया जाए, जिससे जो चाहे, उसी को अध्यात्म की सिद्धि हो जाए। उनकी दृष्टि में भक्ति-मार्ग ही उत्तम मार्ग है। और इसीलिए वे सगुण और निर्गुण पर जोर न देकर सारा बल नाम-जाप पर देते थे :

सगुन ध्यान रुचि सरस नहिं, निर्गुन मन से दूरि।
तुलसी सुमिरहु राम को नाम सजीवन मूरि॥

तुलसीदास जी वैसे तो सगुण के पक्षपाती समझे जाते हैं, किन्तु निर्गुण का वे निषेध नहीं करते। उनकी दृष्टि में सगुण और निर्गुण के बीच कोई भेद नहीं है :

निर्गुन सगुन नहीं कुछ भेदा।
उभय हरहिं भव-संभव खेदा॥

एक दारुगत देखिए एकू।
पावक युग सम ब्रह्म विवेकू॥

न निर्गुण की साधना आसान है, न सगुण की सिद्धि आसान है। लेकिन तुलसीदास जी का मत है कि दोनों की सिद्धि नाम-जाप से सहज हो जाती है :

उभय अगम, जुग सुगम नाम ते।
कहेहूँ नाम बड़ ब्रह्म राम ते॥

निर्गुण और सगुण के बीच समन्वय बिठाने की तुलसीदास ने बहुत बड़ी चेष्टा की है : किन्तु आदर्श स्थिति उन्होंने दोहावली के एक छोटे-से दोहे में बताई है :

हिय निर्गुन, नयनन्हिं सगुन, रसना राम सुनाम।
मनहुँ पुरट संपुट लसत तुलसी ललित ललाम॥

हृदय में निर्गुण ब्रह्म का ध्यान, आँखों के सामने सगुण स्वरूप की झाँकी और जिह्वा से राम-नाम का जाप, तुलसीदास कहते हैं कि यह ऐसा है, मानो सोने की डिबिया में ललित रत्न सुशोभित हो!

देश में जब ईसाइयत आई और विज्ञान आया, साकारोपासना के पाँव एक बार फिर लड़खड़ा उठे। उस समय ईसाइयत और विज्ञान की कसौटी पर हिन्दू धर्म को सही बताने को देश में निराकारवादी आन्दोलन उठा। ब्राह्म समाज निराकारवादी धर्म था। आर्यसमाज निराकार में विश्वास करता था। प्रार्थना-समाज निराकारी सम्प्रदाय था, और राधास्वामी सम्प्रदाय भी निराकार का ही विश्वासी हुआ। राममोहन राय, स्वामी दयानन्द और रानाडे का लगभग वही स्थान है, जो कभी कबीर का था। राम का नाम जपेंगे, लेकिन उन्हें ब्रह्म नहीं मानेंगे। चन्दन और कंठी धारण करेंगे, किन्तु मूर्तियों में विश्वास नहीं करेंगे। किन्तु इन निराकारवादियों को अनुयायी ज्यादा नहीं मिले। जनता तो परमहंस रामकृष्ण को घेरकर खड़ी हो गई। रामकृष्ण व्याख्यान नहीं देते थे, अखबार नहीं निकालते थे, शास्त्रार्थ भी नहीं करते थे; किन्तु उन्हें देखकर जनता को विश्वास हो गया कि केवल

निराकार ही सत्य नहीं है, साकार भी उतना ही सत्य है। यही नहीं, पुराण भी सत्य हैं, विभिन्न देवी-देवता भी सत्य हैं और साधना के सभी मार्ग भी सत्य हैं।

सगुण धर्म भारत का अपना धर्म है। उसके खिलाफ बार-बार आन्दोलन उठते हैं और वह बार-बार उभरकर ऊपर आता है। वेदान्त सगुण के विरुद्ध समझा जाता था, किन्तु स्वामी विवेकानन्द ने उसे सगुणोपासना के साथ मिला दिया। विज्ञान के वर्तमान युग में वेदान्त उन्हें भी लुभा रहा है, जो हिन्दू नहीं हैं। वेदान्त के साथ संसार में नाम-जप की भी प्रथा फैल रही है। सम्भव है, ऐसा भी हो जाए कि हिन्दू देवी-देवताओं की प्रतिमाएँ और चित्र भारत से बाहर भी आदर पाने लगें!

सगुण उपासना और निर्गुण उपासना में से कौन अधिक सुगम और श्रेष्ठ है, यह प्रश्न पूछने के योग्य नहीं है। योगाभ्यासपूर्वक मन को निःशब्द करना उतना ही कठिन है, जितना किसी देवता या गुरु के प्रति अपने-आपका सम्पूर्ण समर्पण। फिर भी आधुनिक युग में ऐसे कई सगुणोपासक महात्मा हो गए हैं, जिनके सामने पहुँचकर बड़े-बड़े निर्गुणवादी और तार्किक लोग चकित रह जाते थे। ब्राह्म समाज के नेता श्री केशवचन्द्र सेन परमहंस रामकृष्ण के अनुगत थे। जब केशव बाबू प्राण छोड़ने लगे, उनके मुख से 'माँ, माँ'—ये दो शब्द निकले थे।

और प्रसिद्ध ब्राह्म-समाजी साधक एवं विद्वान आचार्य प्रतापचन्द्र मजुमदार ने लिखा है : 'श्री रामकृष्ण के दर्शन होने के पूर्व, धर्म किसे कहते हैं, यह कोई समझता भी नहीं था। सब आडम्बर ही था। धार्मिक जीवन कैसा होता है, यह बात रामकृष्ण की संगति का लाभ होने पर जान पड़ी।' आचार्य प्रतापचन्द्र मजुमदार की एक और उक्ति है, जिसके उद्धरण से यह स्पष्ट होता है कि निर्गुणवादी बुद्धिवादी विद्वानों पर रामकृष्ण के व्यक्तित्व का कैसा प्रभाव था। प्रतापचन्द्र लिखते हैं : 'उनके और मेरे बीच समानता क्या है? मैं यूरोपीयकृत सुसभ्य, अर्ध-नास्तिक और तथाकथित तार्किक व्यक्ति हूँ, जिसकी सारी चिन्ता अपने ही निमित्त है। और वे निर्धन, अशिक्षित, व्यवहार में भद्दे, मूर्तिपूजक एवं निस्सहाय हिन्दू भक्त हैं। भला मैं उनकी सेवा में घंटों क्यों बैठा करूँ—मैं, जिसने डिजरेली और

फाकेट के विचार सुने हैं, जिसने स्टानले और मैक्समूलर की विद्याएँ प्राप्त की हैं, जिसने यूरोप के बीसियों विद्वानों और धर्म-पुरुषों के विचारों का पान किया है? किन्तु केवल मैं ही नहीं, यहाँ तो मेरे जैसे दर्जनों लोग हैं, जो यही करते हैं।...वे (रामकृष्ण) राम की पूजा करते हैं, शिव की पूजा करते हैं, काली को पूजते हैं और साथ ही वेदान्त में भी उनका अडिग विश्वास है। वे प्रतिमापूजक हैं, किन्तु निरंजन और निराकार की पूर्णता का ज्ञान कराने में भी उनसे बढ़कर कोई और माध्यम नहीं हो सकता। उनका धर्म आनन्द है, उनकी पूजा समाधि है। अहर्निश उनका समस्त अस्तित्व एक विचित्र विश्वास और भावना की ज्वाला से प्रदीप्त रहता है।'

जो हिन्दू आधुनिक हैं, वे मूर्तिपूजा से इसलिए बिदकते हैं कि वह स्थूल मध्यकालीन प्रथा है। जो हिन्दू नहीं हैं, उनके यहाँ यह विश्वास है कि मूर्ति की पूजा करनेवाला अधार्मिक होता है और वह नरक जाएगा। मुझे इस विश्वास पर आश्चर्य होता है। ईसाई परम्परा की मान्यता है कि भगवान ने मनुष्य को खुद अपनी प्रतिमा के अनुसार गढ़ा है। गॉड हैज क्रियेटेड मैन इन हिज ओन इमेज। तो मनुष्य अगर ईश्वर की वैसी ही प्रतिमा बनाकर उसकी पूजा करता है, तो यह अनाचार कैसे हो सकता है? वह तो पुण्य-ही-पुण्य है। पत्थर में पूजो या पत्थर को पूजो, बात एक ही है, क्योंकि दोनों हालतों में जिसे हम पूजते हैं, वह परमात्मा का प्रतीक है। यह प्रतीक हृदय में ऊँची भावना जगाता है, उसे क्षण भर को एकाग्र एवं निःशब्द करता है और विचारवानों के मन में यह विश्वास उत्पन्न करता है कि सत्य वहीं तक नहीं है, जहाँ तक विज्ञान पहुँचकर रुक गया है।

बहुत-से लोग हैं, जो मूर्तिपूजा का पूरा समर्थन नहीं करते, केवल आंशिक समर्थन करते हैं। उनकी दलील यह है कि छोटी बालिका जैसे गुड़ियों से खेलती है, मगर सयानी होने पर उन्हें छोड़ देती है, उसी प्रकार मूर्तिपूजा साधक का आदि सोपान है। आगे बढ़ने पर मूर्तियों की उसे जरूरत नहीं रहती। कबीरदास इसी विचार के थे :

करो जतन सखि, साईं मिलन की।
गुड़वा-गुड़िया सूप-सुपलिया
तजि दे बुद्धि लड़िकैयाँ खेलन की।

किन्तु रामकृष्ण परमहंस को क्या कहें, जिनकी सारी शक्ति काली की प्रतिमा से आती थी? महर्षि रमण को कहाँ रखें, जो सिद्ध हो जाने पर भी मूर्तियाँ स्थापित करते थे? योगिराज गम्भीरनाथ के विषय में क्या कहा जाए, जो सिद्ध हो जाने पर भी तीर्थाटन करते थे? और परमहंस नित्यानन्द जी के बारे में क्या सोचा जाए, जो ब्रह्मस्वरूप हो जाने पर भी साकारोपासना में विश्वास करते थे?

अध्यात्म के बारे में मार्गदर्शन उनसे लेना जो तार्किक और कोरे मेधावान हैं, खतरों से खाली नहीं है। मेधावी और ज्ञानवान होने से कोई अध्यात्म के अयोग्य हो जाता है, यह बात नहीं है। किन्तु मेधा और ज्ञान ठीक उसी प्रकार अध्यात्म के मार्ग नहीं हैं, जैसे वे कीर्ति के मार्ग हो सकते हैं। सभी रहस्यवादियों ने ज्ञान के आधिक्य को शंका से देखा है। न मेधया न बहुना श्रुतेन। कबीर रहस्यवादी थे। उन्होंने ज्ञान को शंका से देखा है :

पढ़ि-पढ़ि के पत्थर भया, लिखि-लिखि भया जु ईंट।
कहे कबीरा प्रेम की लगी न एको छींट॥
ज्ञानी मूल गँवाइया ज्ञापन भचे करता।
ताते अज्ञानी भला मन में रहे डरता॥

और ज्ञान की सीमा दिखलाते हुए सर मोहम्मद इकबाल ने कहा था :

गुजर जा झल्क से आगे कि यह नूर
चिरागे-राह है, मंजिल नहीं है।

आधुनिक भाषा में यहाँ प्रेम का तात्पर्य सम्बुद्धि से है, इनटुइशन से है। और जैसे रहस्यवादी संत तर्क को सन्देह से देखते हैं, उसी प्रकार तार्किक लोग सम्बुद्धि का अस्तित्व ही नहीं मानते। वर्तमान युग में दार्शनिक बर्सों ने सम्बुद्धि की भूरि-भूरि प्रशंसा की है। किन्तु नास्तिक दार्शनिक बर्ट्रेंड रसल ने व्यंग्य किया है कि 'सम्बुद्धि वह शक्ति है जो पशु, पक्षी और बर्सों में पाई जाती है।'

किन्तु अरविन्द आदि सभी महात्मा सम्बुद्धि के अस्तित्व में विश्वास करते हैं और मानते हैं कि वह मन या बुद्धि से आगे की चीज है। श्रद्धा सम्बुद्धि से उत्पन्न होती है, भक्ति सम्बुद्धि से बढ़ती है।

सगुणोपासना को धर्म के प्राचीन रूप का पर्याय मानना भी गलती से खाली नहीं है। धर्म के दो पक्ष हैं : एक का नाम श्रुति और दूसरे का नाम स्मृति है। एक निगम है, दूसरा आगम है। जैसे-जैसे लोगों के आर्थिक और सामाजिक सम्बन्धों में परिवर्तन होता है, आगमों और स्मृतियों का भी रूप बदलता जाता है। पहले लोग अस्पृश्यता में विश्वास करते थे, अब अस्पृश्यता में आस्था कोई नहीं रखता। भगवान राम ने शंबूक का वध कर दिया था, क्योंकि वह शूद्र होकर भी तपस्या कर रहा था। मगर आज शूद्र तपस्या करे, तो उसे सब अच्छा ही मानेंगे। ये सारे परिवर्तन स्मृतियों के परिवर्तन हैं। श्रुति या निगम आज भी अपनी जगह पर अटल है। उसका सम्बन्ध धर्म के बाहरी आचारों से नहीं, उसके आन्तरिक तत्त्व से है। हम कौन हैं, कहाँ से आए हैं, मरने के बाद हम कहाँ जाएँगे, सृष्टि किसी की बनाई हुई है अथवा वह आप-से-आप प्रकट हो गई है? ये प्रश्न आगम नहीं, निगम के प्रश्न हैं और जैसे वे आदिकाल में उठे थे, वैसे ही आज भी उठ रहे हैं। धर्म उन्हीं प्रश्नों के उत्तरों का संधान है। और इस संधान का मार्ग निर्गुण और सगुण–दोनों ही पद्धतियाँ हैं। और दोनों पद्धतियों का आधार श्रद्धा और विश्वास है। फेथ कैन मूव माउंटेन। श्रद्धा पर्वत को भी हिला सकती है, यह कहावत झूठ नहीं, सच है। तुलसीदास जी ने लिखा है :

अपनो ऐपन निज हथा, तिय पूजहिं निज भीति,
फरई सकल मन-कामना, तुलसी प्रीति-प्रतीति।

स्त्रियाँ अपने घरों की दीवारों पर अपने ही हाथों से ऐपन की छाप डालकर उसे पूजती हैं और उसी से उनकी मनोकामनाएँ पूर्ण हो जाती हैं। यह प्रीति (श्रद्धा) और विश्वास का ही फल है।

और नाम-जाप यद्यपि निर्गुणवादी भी करते हैं, किन्तु सगुणवादियों का तो वह सबसे बड़ा आधार है। चैतन्य महाप्रभु नाम-कीर्तन के शायद

आदि आचार्य थे। परमहंस रामकृष्ण कीर्तन करते-करते भावदशा में खो जाते थे। और श्रीमाँ आनन्दमयी कीर्तन के समय किसी महाभाव में डूब जाती हैं। ऐसा क्यों होता है, यह तर्क की भाषा में समझना आसान नहीं है। बस, ऐसा होता है, यही तथ्य है। कीर्तन शायद हृदय की वाणी है। वह शायद आर्त की भाषा और असहाय की पुकार है। वह शायद इस भाव की अभिव्यक्ति है कि 'ओ अदृश्य, ओ अनन्त, हमारे वश में कोई बात नहीं है, हम केवल तुम्हारा नाम ले सकते हैं, वह ले रहे हैं।' नाम-कीर्तन भक्त की पहली नहीं, अन्तिम निधि है। इसीलिए मुझे बाबा मुक्तानन्द जी की यह उचित बात बहुत पसन्द है कि 'और साधना उधार का सौदा है, नामस्मरण नकद व्यापार है'।

मूल्य-ह्रास के पच्चीस वर्ष

सन् 1946 ई. में यह स्पष्ट हो गया था कि अब भारत स्वाधीन हो जाएगा। उस समय रमणाश्रम के एक साधक ने महर्षि रमण से कहा, 'भगवान, अब भारत स्वाधीन होने जा रहा है और स्वाधीन होने के बाद वह उन्नति के शिखर पर पहुँच जाएगा।'

महर्षि ने पूछा, 'भारत अभी उन्नति के शिखर पर क्यों नहीं है?'

उस साधक को कोई उत्तर नहीं सूझा। महर्षि शायद कहना चाहते थे कि जब रामकृष्ण हुए, स्वामी दयानन्द हुए, स्वामी विवेकानन्द जनमे, स्वयं श्री अरविन्द, महर्षि रमण और महात्मा गांधी का आविर्भाव हुआ और साहित्य में रवीन्द्रनाथ तथा विज्ञान में जगदीश बोस और सी.वी. रमण उत्पन्न हुए, तथा जब देश के लिए फकीरी धारण करनेवाले और प्राणों की बाजी लगानेवाले बूढ़ों और नौजवानों की भीड़ लगी थी, तब तो भारत उन्नति के शिखर पर नहीं है, लेकिन जब इंजीनियर और टेक्नोक्रैट, लोभी

उद्योगपति, लोभी राजनीतिज्ञ और लोभी नौकरशाह अधिक संख्या में जन्म लेंगे, तब भारत उन्नति के शिखर पर पहुँच जाएगा, यह केवल भ्रान्ति है। गांधी, अरविन्द और रमण के युग में भारत पराधीन तो था, किन्तु मूल्यों की दृष्टि से, वह उस समय भी उन्नति के ऐसे शृंग पर था, जिस पर संसार का कोई देश नहीं था। हमारे सामने विचारणीय प्रश्न यह है कि पिछले पच्चीस वर्षों में भारतवर्ष मूल्यों के उस शिखर से ऊपर उठा है, वहीं है या वह शिखर छोड़कर नीचे गर्त में पहुँच गया है?

पिछले पच्चीस वर्षों में बड़े काम नहीं हुए हों, ऐसा नहीं है। सबसे बड़ा काम तो यह हुआ कि हमने अपने स्वराज्य का संविधान तैयार किया, पंडित जवाहरलाल नेहरू के नेतृत्व में हम दुनिया की महफिल में उस शान से बैठे, जिस शान से गांधी और जवाहर के देश को बैठना चाहिए था। किन्तु हमारी इस कीर्ति को चीन ने एक ही धक्के से धराशायी कर दिया और हम यह समझने को मजबूर हो गए कि ऋषि का यज्ञ भी तभी पूरा होता है, जब उसके पहरे पर कोई राम के समान धनुर्धारी मौजूद हो। केवल आत्मा का बल यथेष्ट नहीं है। देह के अखाड़े में आत्मा की तलवार भोथरी साबित होती है।

देश में कल-कारखानों की संख्या बढ़ी, अनेक वैज्ञानिक संस्थान खुले, विश्वविद्यालयों की संख्या बढ़कर चौगुनी से भी अधिक हो गई और जो हिन्दुस्तानी पहले सुई भी नहीं बना सकता था, वह टैंक, बड़ी-बड़ी तोपें, हवाई जहाज और समुद्री जहाज बनाने लगा।

बड़ी घटनाएँ और भी घटी हैं। पंडित जवाहरलाल नेहरू ने साधन की पवित्रता पर ध्यान रखा और देश में प्रजातंत्र की नींव को मजबूत बनाने की उन्होंने भरपूर कोशिश की। उनके समय में स्वतंत्रता की ताजी हवा नहीं, आँधी बहती थी। अखबार निर्भीक होकर बोलते थे, राजनीतिज्ञ मन की बात को मन में ही पचाकर नहीं रखते थे और भासित होता था कि जो कुछ हो रहा है, खुले मैदान में हो रहा है और भीड़ का जो भी आदमी चाहे, सरकार को टोक सकता है।

पंडित जी के मरने के बाद यही आजादी शाप बन गई। लोग इतनी बकवास करने लगे कि लगा, इस देश में कोई सरकार नहीं है। कांग्रेस के

भीतर नेतागीरी की जगह दादागीरी ने ले ली। जब बंगाल के अजय मुखर्जी को कांग्रेस से निकाला जाने लगा, अजय मुखर्जी ने न्याय की माँग की, 'तुम मुझे निकाल देना, मगर उससे पहले कार्य-समिति मेरा मुकदमा तो सुन ले।' यह न्यायसंगत माँग थी और सभापति श्री कामराज इस पक्ष में थे कि श्री अजय मुखर्जी को कार्य-समिति के समक्ष जरूर बुलाया जाए, जिससे वे अपने पक्ष की बातें हमें बता सकें। लेकिन बंगाल के दादा गरज उठे, 'मैं अजय मुखर्जी का मुँह भी नहीं देख सकता। वह कार्य-समिति के सामने आएगा कैसे?' निदान, कामराज चुप लगा गए और बाकी दादाओं ने भी चुप्पी साध ली, क्योंकि दादा-गुट का एक सदस्य इतने जोर से नाराज था।

यह एक कहानी है। ऐसी कहानियाँ अनेक हुई होंगी। तब इतिहास ने अपने को सफलतापूर्वक दुहराया और पहले जैसे सूरत में कांग्रेस टूट गई थी, उसी प्रकार सन् 1969 ई. में कांग्रेस दो टुकड़ों में बँट गई। और इसका कलंक प्रधानमंत्री श्रीमती इन्दिरा गांधी के मत्थे मढ़ा गया। क्यों उन्होंने संजीव रेड्डी के नामांकन पर दस्तखत करके उसे हरा दिया? यह अनुशासनहीनता है, यह प्रतिज्ञा-भंग का दृष्टान्त है। जिस देश का प्रधानमंत्री इस प्रकार प्रतिज्ञा का भंग करेगा, उस देश के बाकी लोग क्या करेंगे?

मगर सन् 1971 के लोकसभा के चुनाव ने यह साबित कर दिया कि देश ने प्रधानमंत्री के पाप को पाप नहीं समझा। युद्ध और राजनीति में क्या कर्म है और क्या अकर्म, इसका निर्णय तुरन्त नहीं किया जा सकता। सुभाषचन्द्र बोस को कांग्रेस छोड़ने को विवश करना पुण्य था या पाप था? शिवाजी महाराज के बारे में भी कहा जाता है कि अफजल का वध उन्होंने छल से किया था। लेकिन यह क्या सच नहीं है कि अगर शिवाजी ने अफजल का वध नहीं किया होता, तो वे उसके सैनिकों के द्वारा खुद मारे गए होते?

इन्दिरा जी की सफलताओं में सबसे बड़ा स्थान मैं न तो बैंकों के राष्ट्रीयकरण को देता हूँ, न उनके सीलिंग-अभियान को। उनकी सबसे बड़ी सफलता यह है कि उन्होंने युद्ध लड़कर अपूर्व विजय प्राप्त की और पाकिस्तान के एक टुकड़े को स्वाधीन कर दिया। युद्ध बड़ी बुरी चीज है,

लेकिन इस सत्य से इनकार कैसे किया जाए कि एक युद्ध जीतने से देश की जितनी प्रतिष्ठा बढ़ती है, उतनी प्रतिष्ठा पाँच नोबेल लौरियेट उत्पन्न करने से भी नहीं बढ़ती? हम वही देश हैं जो 1971 के दिसम्बर के पूर्व थे। लेकिन आज दुनिया हमें इज्जत की नजर से देखती है। बड़े-बड़े राष्ट्र हमें दक्षिणी एशिया की सबसे बड़ी शक्ति कह रहे हैं और जो भी प्रतापी देश हैं, उन्हें हमारे बारे में कुछ कहने के पहले कई बार सोचना पड़ता है।

इस सामरिक विजय को मैं स्वराज्य के बाद की सबसे बड़ी घटना मानता हूँ। इस विजय के जो भी रचयिता या विधाता हैं, उन्हें मैं उच्चकोटि का देशभक्त मानता हूँ। इस विजय ने संसार में भारत के स्थान को बहुत ऊँचा उठा दिया है। इस विजय ने भारत के भविष्य का द्वार खोल दिया है। अगर हम अपना चरित्र सुधार लें, तो अब हम महान देश बन सकते हैं।

श्रीमती इन्दिरा गांधी की महान उपलब्धियों में एक उपलब्धि यह भी है कि उन्होंने पश्चिमी बंगाल की बिगड़ी हुई स्थिति को बड़ी चतुराई से सँभाल लिया। बंगाल की बिगड़ी हुई हालत को देखकर लोग क्या-क्या नहीं सोचते थे? 'लगता है, एक कलकत्ता सारे देश को ले डूबेगा। बंगाल क्या भारत से अलग हो जाएगा? या इस राज्य को मार्शल लॉ के अधीन रखने के लिए कोई रास्ता निकालना पड़ेगा? अगर बंगाल को ठीक करने के लिए सरकारी हिंसा अनिवार्य हो गई, तो न जाने कितने लोगों को मारना पड़ेगा! कहीं ऐसा तो नहीं है कि एक बंगाल के कारण ही सारा देश डिक्टेटर के अधीन चला जाएगा?' मगर ये शंकाएँ निर्मूल हो गईं। इन्दिरा जी ने साहस, धैर्य और दृढ़ता से जूझकर बंगाल को ठीक कर दिया।

स्वराज्य के बाद से सरकार का सारा जोर देश की आर्थिक प्रगति पर रहा है और देश का अर्थ-बल बढ़ा है, इसके भी कई लक्षण मौजूद हैं। सबसे बड़ा लक्षण शायद यह है कि हमारे आयात और निर्यात के आँकड़े अब बराबर हो गए हैं। अगर आयात के आँकड़े घटने लगें और निर्यात के आँकड़े बढ़ने लगें, तो सम्भव है कि हम 'टेक ऑफ' की स्थिति पर पहुँच जाएँ और गरीबी पर भी हम लगाम लगा सकें। खतरे की बात सिर्फ

यह है कि चीजों के दाम जिस तेजी से बढ़ते जा रहे हैं, उसे देखते हुए यह भी हो सकता है कि जब तक हम देवता को मनाएँ-मनाएँ, तब तक कहीं बेटे की आँखें खत्म न हो जाएँ।

फिर भी ये स्वराज्य के धन-पक्ष के विवरण हैं। लेकिन हम जब उसके ऋण-पक्ष की बात सोचते हैं, हमारे सामने बहुत बड़ी निराशा खड़ी हो जाती है। गांधी जी के बाद से हमारे राष्ट्रीय चरित्र में जो गिरावट शुरू हुई, वह अब इस हद तक पहुँच गई है कि उससे दुर्गंध आने लगी है। और यह दुर्गंध कहाँ-कहाँ से नहीं आ रही है? अँगुलि-निर्देश करना व्यर्थ है, नाम लेना फिजूल है। समाज में समत्व लाने का दम भरनेवाले लोग खुद खूब खुशहाल हैं। वे सबकी सम्पत्ति बाँट देंगे, लेकिन अपनी सम्पत्ति का बँटवारा शायद होने नहीं देंगे।

धन कमाने की प्रतिभा बहुत ही महँगी प्रतिभा है और वह सबको नहीं मिलती। पूँजी लगाओ, दुकान पर बैठो, कारखानों में दिन-रात काम करो या खेत के मेड़ पर बैठे रहो, घाटे के धक्के खाकर जीने की आदत सीखो, सूखे और बाढ़ के समय कलेजे पर पत्थर बाँधकर अपने स्थान पर अड़े रहो, ये धन पैदा करने के रास्ते हैं। किन्तु अब एक ऐसा वर्ग निकल आया है, जो कारखाने नहीं खोलता, दुकानों पर नहीं बैठता, न खेतों में काम करता है। मगर चारों ओर अफवाह है कि यह वर्ग भी धनिकों का वर्ग हो गया है और समाज में आज सबसे अधिक उसी की पूछ है। क्या ये तरीके समाजवाद लाने के हैं? क्या इस तरीके से देश से गरीबी दूर होगी? सरकार जिसे सम्पत्ति का बँटवारा कह रही है, वह असल में गरीबी के बँटवारे का दूसरा नाम है। और यह सच है कि प्रायः साम्यवादी देशों में पहला बँटवारा गरीबी का ही होता है और जब समृद्धि बढ़ती है, तब उसका लाभ सभी को मिल जाता है। किन्तु सभी साम्यवादी देश समाजवाद के एक आचारशास्त्र को मानते हैं और चाहते हैं कि उनका प्रत्येक नागरिक उसे अपने जीवन में बरते। रूस के स्कूलों में धार्मिक शिक्षा नहीं है, लेकिन वहाँ हर बच्चे को यह सिखाया जाता है कि जो सुख तुम्हारे साथी को प्राप्त नहीं है, उसे तुम भी मत भोगो। जब सन् 1957 ई. में मैं चीन गया था, मैंने सुना कि वहाँ के किसी प्रान्तीय नेता को धन-संचय का लोभ हो गया

था। इसका पता जब माओत्से-तुंग को चला, उन्होंने मुकदमा चलाकर उस नेता को मरवा दिया। जिस देश में लोभ के विरुद्ध इतना कड़ा पहरा है, उस देश का कोई नेता क्या धन-संचय की बात सोच भी सकता है? समाजवाद का आचारशास्त्र उस आचारशास्त्र से अधिक भिन्न नहीं है, जिसका निर्माण गांधी-विचारधारा के आधार पर किया जा सकता है, सिवाय इसके कि एक में हिंसा के लिए गुंजाइश होगी और दूसरे में हिंसा के लिए स्थान नहीं होगा। लेकिन यह समझना पूरा-पूरा ठीक नहीं है कि चीन और रूस अब भी हिंसा के भरोसे ही चल रहे हैं। सरकार आदमी की गरदन तो पकड़े हुए जरूर है, लेकिन वह आदमी की आँखों के आगे आचारशास्त्र भी खोले हुए है। वह उसके कान में निर्लोभता का मंत्र भी भर रही है। और यह तो है ही कि चीन के नेताओं में सुख-भोग की वह लिप्सा नहीं है, जो भारत के नेताओं में दिखाई पड़ती है।

जब मैं पीकिंग में था, एक दिन शाम को मैं श्री चाऊ-एन-लाइ से मिलने को उनके घर पर गया। संयोग से उसी समय श्रीमती सुशीला नैयर भी उनसे मिलने को आ गईं। श्री चाऊ-एन-लाइ ने हम लोगों से अपने घर के बरामदे में मुलाकात की, जहाँ ऐशो-आराम का आडम्बर बिलकुल ही नहीं था। मैंने सुशीला जी से कहा भी था कि 'बहन जी, गांधी के दर्शन का जैसा आचरण इस देश में है, वैसा तो अपने देश में बिलकुल नहीं है। हमारे मंत्री और अफसर कितनी शान-शौकत से रहते हैं, जबकि सारा चीन मितव्ययी दिखाई देता है।'

चीन में कितने ही मन्त्रियों और बड़े-बड़े अफसरों के पास भी कोठियाँ नहीं हैं। वे फ्लैटों में गुजारा करते हैं और बसों में चलने में उन्हें शर्म नहीं आती। सरकारी गाड़ियों का उपयोग वे केवल सरकारी कामों के लिए करते हैं। लेकिन अपने देश में मंत्री बनते ही आदमी भूल जाता है कि उसकी असली हैसियत क्या है। वह प्रिंस की तरह रहना चाहता है, बादशाह की तरह रहना चाहता है और सरकार ने नियम भी बना रखे हैं कि जो आदमी मंत्री बनाया जाएगा, वह छोटे-मोटे बादशाह की तरह रहेगा–बादशाह की तरह रहेगा और यह कानून बनाएगा कि जिनके पास धन है, वे धन का त्याग कर दें; जिनके पास ज्यादा जमीन है, वे जमीन

छोड़ दें। गरीबी को स्वीकार्य बनाने के लिए यह नितान्त आवश्यक है कि मंत्री और अफसर या तो स्वेच्छया मितव्ययी बनें या सरकार उन्हें मितव्ययी और आडम्बरमुक्त होने को मजबूत करे।

मितव्ययिता, सादगी, अहंकारहीनता, आडम्बरशून्यता, विनम्रता और कठोर अध्यवसाय–ये केवल धर्म के गुण नहीं हैं, वे राजनीति और शासन के लिए भी आवश्यक हैं। सन् 1949 ई. में लोहे के उत्पादन में भारत और चीन लगभग समान थे। लेकिन आज चीन 2 करोड़ 10 लाख टन लोहा पैदा कर रहा है, जबकि भारत का उत्पादन मुश्किल से 70 लाख टन पर पहुँचा होगा, अर्थात् चीन का लोहे का उत्पादन हमारे उत्पादन से तिगुना हो गया है। इसी प्रकार पेट्रोल के उत्पादन में भी भारत और चीन के बीच एक और तीन का भेद है।

भारत सरकार ने सरकारी सेक्टर में कल और कारखाने कम नहीं खोले हैं, और लगभग हर बड़े कारखाने के पास एक महानगर तैयार हो गया है। कारखानों के लिए कच्चा माल भी है, इंजीनियर, अफसर और टेकनोक्रेट भी हैं और मजदूरों की भी कोई कमी नहीं है। मगर ज्यादा कारखाने ऐसे ही हैं, जहाँ उत्पादन केवल 25 या 30 प्रतिशत होता है। कई कारखानों में घाटा इतना अधिक है कि उनकी लागत खत्म होती जा रही है। यह स्थिति उससे अधिक भयानक है जितनी सामान्यतः लोग उसे समझ रहे हैं। यह समाजवाद के विरुद्ध भारत में सबसे ठोस प्रचार है। जब श्री मोहनकुमार मंगलम् मंत्री हुए, उन्होंने ताबड़तोड़ कई बयान दिये, जिनसे मालूम हुआ कि अब एक मंत्री आया है, जिसके कलेजे में आग लग गई है। लेकिन फिर तुरन्त उन्होंने अपनी आग को बुझा लिया। क्योंकि इस रास्ते को सुधारना मुश्किल है और समाजवाद तक जाने के लिए हमने यही रास्ता चुना है।

मगर रास्ता सुधारा क्यों नहीं जा सकता? एक ही इंजीनियर, एक ही अफसर और एक ही मजदूर। लेकिन वे मारवाड़ी, पारसी या गुजराती के यहाँ काम करते हैं, तो उत्पादन लगभग पूरा होता है; किन्तु जब वे काम सरकारी सेक्टर में करते हैं, वे 30 प्रतिशत से अधिक उत्पादन नहीं कर सकते। लोग कहते हैं कि इसका कारण वैयक्तिक स्वार्थ से आनेवाली

प्रेरणा का अभाव है। तो फिर स्कूलों में यह सिखाना क्यों नहीं आरम्भ किया जाता है कि श्रेष्ठ मनुष्य को स्वार्थ का त्याग करना चाहिए?

दोष कहाँ है और उसके सुधार का उपाय क्या है, इसका पता लगाने में सरकार असमर्थ है।

गांधी जी जीवनभर कहते रहे कि सेठों को समाज का ट्रस्टी होना चाहिए, लेकिन सेठ ट्रस्टी नहीं बनाए जा सके। मगर ग्लानि की बात तो यह है कि सरकारी सेक्टर के नेता और कर्मचारी भी समाज के ट्रस्टी नहीं बन सके। अगर वे समाज के ट्रस्टी होते, तो काम वे अपने सुख के लिए नहीं, समाज के हित के लिए करते। तब सरकारी कारखानों में अफसरों और कर्मचारियों की संख्या थोड़ी होती, कारखानों पर खर्च कम बैठता और लाभ अधिक होता। और पब्लिक सेक्टर को समाज के ट्रस्टी के रूप में काम करते देखकर निजी सेक्टर भी प्रेरणा ग्रहण करता। मगर यह सब कुछ हुआ नहीं।

गलती कहाँ हुई है और सुधार का उपाय क्या है?

गांधी जी आदमी को ईमानदार, मेहनती और मितव्ययी बनाना चाहते थे और कहते थे कि हर आदमी को चाहिए कि वह अपनी जरूरतों को कम रखे। जवाहरलाल जी ने कहा कि हमारा उद्देश्य देश के जीवन-स्तर को ऊपर उठाना है। लेकिन पंडित जी के देशवासी देश को भूल गए, वे सारा परिश्रम अपने वैयक्तिक जीवन-स्तर को ऊँचा उठाने के लिए करने लगे। लेकिन दिखलाई यह पड़ा कि जब तक पूरे देश का जीवन-स्तर ऊँचा नहीं उठता, तब तक ईमानदारी की राह पर चलने से व्यक्ति का भी जीवन-स्तर ऊपर नहीं जाएगा। लेकिन आदमी अगर बेईमानी को अपना धर्म बना ले, तो देश के गरीब रहते हुए भी वह स्वयं वैयक्तिक रूप से अमीर बन सकता है, उसका अपना जीवन-स्तर बहुत ऊँचा उठ सकता है। फिर क्या था, जो लोग प्रबल प्राणशक्ति से पूर्ण थे, वे देश को बिलकुल भूलकर अपने लिए धनोपार्जन में लग गए। मिनिस्ट्री धनागम का जरिया बन गई, अफसरी कीर्ति को छोड़कर धन का सोपान बन गई और जहाँ पैसे कमाने के रास्ते पहले नहीं थे, लोगों ने पैसे के रास्ते वहाँ भी निकाल लिये। पढ़ने-पढ़ाने का काम पहले निखालिस ईमानदारी का काम था, लेकिन अब

सुना जाता है कि शिक्षक तीन-तीन, चार-चार हजार रुपये का ठेका इस बात के लिए लेते हैं कि हम तुम्हें प्रथम श्रेणी दिलवा देंगे।

विश्वविद्यालयों की परीक्षाओं में चोरी इस कदर चलती है कि कहीं-कहीं आप परीक्षा के हॉल में जाइए तो सौ में से पचहत्तर परीक्षार्थी आपको गैरहाजिर मिलेंगे। सुना है, वे कापियाँ लेकर घर चले जाते हैं और उत्तर लिखकर कापी परीक्षा केन्द्र में वापस पहुँचा देते हैं। और यह प्रबन्ध प्रिंसिपल, प्रोफेसर, वाइस-चांसलर तथा अन्य अधिकारियों की बेबस चुप्पी के कारण बड़े आराम से चलता है।

मेरे भीतर फिर यह प्रश्न उठता है कि गलती कहाँ हुई है और सुधार का उपाय क्या है?

संक्षेप में मुझे कहने दीजिए कि गलती यह हुई कि गांधी को हमने छोड़ दिया और सुधार का एकमात्र मार्ग यह है कि हम गांधी को वापस लाएँ।

जो गांधी कौपीन पहनता था, जो गांधी मांस-मछली नहीं खाता था, जो गांधी हवाई-जहाज पर नहीं चढ़ा था, जो गांधी यती और संन्यासी था, ठीक उसी गांधी को वापस लाने की बात मैं नहीं कहता। मैं तो उस गांधी को वापस लाना चाहता हूँ, जो गरीबों का सच्चा हितैषी था, जो लोगों को सत्य और अहिंसा सिखाता था, जो गर्मियों में भी वर्धा जैसे ग्राम में एयरकंडीशन की कौन कहे, पंखे के बिना रहता था और सेठों के घर में रहकर भी बकरी का दूध और साग-सब्जी खाकर जीता था। गांधी मितव्ययिता की शिक्षा देते थे, कड़ी मेहनत और ईमानदारी का उपदेश देते थे, राह पर पड़ी हुई रूई को वे यह सोचकर उठा लेते थे कि यह राष्ट्र का धन है, इसे बर्बाद नहीं होना चाहिए। कस्तूरबा ने कभी उपहार में मिला हुआ कोई जेवर अपने पास रख लिया था, जिस पर गांधी ने उनके खिलाफ अखबार में नोट लिख दिया। मगर आज कौन है, जो अपने अधीनस्थ चोरों का पर्दा सारी जनता के सामने खोल दे? चोर की चोरी से जब तक मेरा लाभ है, उस चोर के खिलाफ कोई उँगली भी नहीं उठा सकता। हाँ, जिस दिन उस चोर की चोरी से मुझे लाभ नहीं रहेगा, उस दिन उस पर छोटी या बड़ी आफत आ जाएगी।

गांधी जी अपने लेखों और भाषणों में बराबर सत्य और अहिंसा पर जोर देते थे और यही बात उनके सहयोगी और अनुयायी भी बोलते थे। इसका परिणाम यह होता था कि सत्य का प्रचार करनेवाले नेता अपनी वाणी से कुछ हद तक बँध जाते थे और उन्हें आचरण भी सत्य का ही करना पड़ता था। अहिंसा की दुहाई आज के भी नेता देते फिरते हैं, लेकिन सत्य के बारे में बोलना उन्होंने छोड़ दिया है, क्योंकि अब अगर वे जनता के बीच खड़े होकर सत्य की महिमा का बखान करें, तो उनका अपना आचरण (जो किसी से छिपा नहीं है) गरज-गरजकर उनके व्याख्यान का खंडन करेगा।

गांधी जी ने जीवन भर विज्ञान की आलोचना की थी, लेकिन वे विज्ञान के विरोधी नहीं थे, क्योंकि वे जानते थे कि विज्ञान की प्रगति को रोकना बिलकुल असम्भव काम है। मगर वे अवतारी पुरुष थे। उनके पास अन्तर्दृष्टि थी। आधुनिक अर्थ में वे बहुत पढ़े-लिखे मनुष्य नहीं थे; किन्तु चारित्रिक शुद्धता उन्होंने इतनी अर्जित कर ली थी कि जो चीज बड़े-बड़े विद्वानों की बुद्धि में नहीं आती थी, उसे वे इनटुइशन से जान लेते थे, सम्बुद्धि से पहचान लेते थे। गांधी जी निर्णय पहले लेते थे, उसकी दलील बाद को देते थे। दलीलें उनकी बदलती रहती थीं, लेकिन निर्णय अटल रहता था। वे विज्ञान के विरोधी नहीं, वैज्ञानिक सभ्यता को चेतावनी के स्वरूप थे :

कौन कहता है कि बापू शत्रु थे विज्ञान के?
वे मनुज से मात्र इतनी बात कहते थे—
रेल, मोटर याकि पुष्पक यान, चाहे जो रचो पर
सोच लो आखिर तुम्हें जाना कहाँ है?

भारत यही भूल गया है कि उसे जाना किस दिशा की ओर है। गांधी जी के समय में भारत यह जानता था कि स्वतंत्र होकर उसे किधर को जाना होगा। किन्तु जवाहर-युग में आकर वह अपनी निर्दिष्ट दिशा को भूल गया। गांधी-युग में इज्जत उस आदमी की होती थी, जिसकी आवश्यकताएँ थोड़ी, किन्तु चरित्र पवित्र था; जो गरीब होने पर भी

मेहनती, ईमानदार और शीलवान था; जो देशहित को बड़ा और अपने वैयक्तिक सुख को तुच्छ समझता था। जवाहर-युग में भी चरित्रवान निर्धन मनुष्य की थोड़ी इज्जत बनी रही, लेकिन सबसे अधिक प्रतिष्ठा उसे मिलने लगी, जो चरित्रवान कम, चालाक ज्यादा था; जो गाँव में कम, शहर में अधिक पूजा जाता था; जो राष्ट्रीय मंच पर कम, अन्तरराष्ट्रीय मंच पर अधिक चमक सकता था।

जवाहर-युग में आकर भारत के अन्तर्मन में एक महारोग का कीटाणु घुस गया। वह महारोग यह है कि जैसे दुनिया के सभी बड़े देश अमरीका बनने की कोशिश कर रहे हैं, उसी प्रकार भारत को भी अमरीका बनने की कोशिश करनी चाहिए। खुद पंडित जी के मन में अपने देश के लिए यह कल्पना थी या नहीं, यह बात निश्चयपूर्वक नहीं कही जा सकती। किन्तु समृद्धि की कल्पित योजनाओं का प्रचार जिस जोश के साथ किया गया, उसका यह परिणाम अनिवार्य था। गांधी जी का सारा जोर इस बात पर था कि आदमी अच्छा और ईमानदार बने। पंडित जी का सारा जोर इस बात पर पड़ा कि आदमी सुखी और सम्पन्न बने। सो सुखी और सम्पन्न बनने के लोभ में बहुतों ने अपने भीतर की अच्छाई और ईमानदारी को निकालकर फेंक दिया। भारत में वजारत की गद्दी अभी मरने की गद्दी होनी चाहिए थी, मगर उस गद्दी पर बैठते ही लोग जीने और जवान होने लगे। और राजा की देखादेखी प्रजा ने भी उसी रास्ते को पकड़ लिया। एक शब्द में हमारे देश की सारी बुराइयाँ केवल लोभ से निकली हैं और आरामतलबी का लोभ सभी लोभ से बुरा होता है। जब तक लोभ पर कड़ा अंकुश नहीं लगाया जाता, हमारा शासन शुद्ध नहीं होगा। जब तक आरामतलबी निन्दा, घृणा और उपहास की चीज नहीं बना दी जाती, तब तक भारत को बेकारी की समस्या का समाधान नहीं मिलेगा। जरूरत की सारी चीजें अंत में वे बनाते हैं जो हाथों से काम करते हैं। मगर हाथ से काम करनेवालों की इस देश में कोई इज्जत नहीं है। यह बड़े दुर्भाग्य की बात है कि इस देश का एक-एक नौजवान बाबू और साहब बनना चाहता है। यह घोर विपत्ति का विषय है कि इस देश में हाथ से काम करनेवालों को बहुत कम और कलम से काम करनेवालों को बहुत ज्यादा मजदूरी मिलती है। क्या

कोई ऐसा तरीका नहीं निकाला जा सकता कि हाथ से काम करनेवालों को भी उतनी ही मजदूरी मिले, जितनी कलम से काम करनेवालों को मिलती है? यह ठीक है कि हमारा देश गरीब है, मगर यह तो हो सकता है कि कलम से काम करनेवालों के वेतन में कुछ कटौती कर दी जाए जिससे हाथ से काम करनेवालों की आमदनी से उनकी आमदनी बहुत ज्यादा नहीं रहे। अगर यह हो जाए, तो विश्वविद्यालयों में भी भीड़ नहीं रहेगी। कॉलेजों में पढ़ने की जहमत वे ही उठाएँगे जिनमें विद्या के प्रति सात्त्विक अनुराग है। अफसर और कम करके बीच का द्वेष बहुत कम हो जाएगा और उत्पादन के काम अधिक तत्परता से किये जा सकेंगे। समाज की विषमता भी बहुत कम हो जाएगी और देश में सच्चे समाजवाद का आरम्भ हो जाएगा।

और यह क्यों नहीं हो सकता कि कलम से काम करनेवालों को भी हाथ से काम करने को मजबूर किया जाए? आखिर यह तो हमने देखा ही है कि जिस व्यक्ति को गांधी देश का प्रथम सत्याग्रही बनने के योग्य समझते थे, जो ज्ञान के क्षेत्र में आज भी सबसे आगे है, वह विनोबा खेत में खड़ा होकर घंटों कुदाल चलाता था। और माओ अपनी क्रान्ति को कैसे जीवित रखे हुए हैं, यह जिसे देखना हो, वह चीन जाकर देख ले। वहाँ अफसरों, कवियों, प्रोफेसरों, लेखकों और पत्रकारों को भी समय-समय पर कारखानों या खेतों में जाकर काम करना पड़ता है और जिन दिनों वे खेतों और कारखानों में काम करते हैं, उन दिनों उनके लिए अतिरिक्त सुविधाओं का कोई इन्तजाम नहीं किया जाता, न वहाँ फोटोग्राफर ही होते हैं कि वे उनके फोटो अखबारों में छपवा दें।

यदि चीन का अनुकरण करने में हमें शर्म आती है, तो विनोबा का अनुकरण करने में शर्म की क्या बात है? क्या गांधी और विनोबा चीन के लिए जनमे थे? जीवन की अमरीकी पद्धति हमारे लिए काम्य नहीं, त्याज्या होनी चाहिए। वह केवल हमारे लिए ही नहीं, अमरीका के लिए भी त्याज्या और तिरस्करणीय है। सारा संसार अभाव और दरिद्रता का एक महासमुद्र है, जिसमें जहाँ-तहाँ अति-समृद्धि के टापू दिखाई देते हैं। एक टापू अमरीका है, एक टापू पश्चिमी यूरोप है, एक टापू कनाडा है,

एक टापू जापान है, एक टापू आस्ट्रेलिया है, एक टापू दक्षिणी अफ्रीका है। इन टापुओं की नकल करने में अगर भारतवर्ष लगा, तो कामयाबी उसे मिलने वाली नहीं है। हाँ, उसके पास अब भी गर्व की जो वस्तु है, उसे वह खो बैठेगा। महज जीने के लिए जितनी चीजों की जरूरत है, उतनी चीजें हमें तुरन्त-से-तुरन्त चाहिए और उसके बाद हमें कुछ नहीं चाहिए, इस आदर्श को अपनाए बिना भारत का कल्याण नहीं है और इस ध्येय से आगे जाना उसके लिए सम्भव भी नहीं है। और यह ध्येय भी तभी पूरा होगा जब भारत के भीतर के टापू मिटा दिए जाएँगे। इसीलिए सीलिंग की नीति का मैं स्वागत करता हूँ। मगर खतरा यह है कि जब यह नीति काम में लाई जाएगी, गुलछर्रे वे उड़ाएँगे, जो सरकार के अफसर और एजेंट हैं। मौज मनाओ यारो, क्योंकि मौसम नजदीक है और दूसरों ने जो फसल लगाई है, उसका सारा भाग काटकर तुम्हें अपने घर ले जाने का मौका हाथ लगेगा।

अगर सारा संसार अमरीका बनना चाहे, तो क्या यह सम्भावना है कि वह अमरीका बन सकेगा? संसार-भर में जितने लोग हैं, अमरीका की जनसंख्या उनका केवल छः प्रतिशत है। लेकिन ससार में जितने साधन हैं, उनका 44 प्रतिशत अमरीका के उपयोग में जाता है। अमरीका में लोहे की खपत प्रत्येक व्यक्ति के पीछे 1400 पौंड है, पश्चिमी यूरोप में 712 पौंड, जापान में 697 पौंड, भारत में 26 पौंड और अफ्रीका में केवल 23 पौंड है। उन्नत देशों में एक व्यक्ति धरती के जितने साधनों का उपयोग करता है, पिछड़े देशों के 25 व्यक्तियों को भी उतना साधन सुलभ नहीं है। अमरीका एक औसत आदमी जितनी बिजली का उपयोग करता है, एशिया और अफ्रीका के 55 आदमी मिलकर भी उतनी बिजली का उपयोग नहीं कर पाते।

धरती के साधन सीमित हैं, मनुष्य का लोभ निस्सीम है। जिस तरह अमरीका जी रहा है, उस प्रकार जीने के लिए यह पृथ्वी बनाई नहीं गई थी। अगर ईश्वर या प्रकृति का यह अभिप्राय रहा होता तो दुनिया का हर देश अमरीका पद्धति से जीने के योग्य हो जाए, तो प्रकृति ने धरती के साधनों को भी मनुष्य के लोभ के समान निस्सीम बनाया होता। मगर वे

निस्सीम नहीं, अत्यन्त सीमित हैं। अगर दुनिया की सारी जनसंख्या के 15 प्रतिशत लोग (यानी 50 करोड़ आदमी) अमरीकी स्टैंटर्ड पर जीना शुरू कर दें, तो धरती के सम्पूर्ण साधन उन्हीं लोगों पर समाप्त हो जाएँगे और संसार के बाकी तीन अरब लोगों के लिए कुछ भी नहीं बचेगा।

कहते हैं, 2000 ई. आते-आते दुनिया की कुल जनसंख्या पाँच अरब हो जाएगी। अब कहीं ये सभी लोग अमरीकी स्तर पर जीने को ललचा उठे, तो संसार के आज के लोहे के उत्पादन को 75 गुना बढ़ाना होगा, ताँबे के उत्पादन को 100 गुना, राँगे के उत्पादन को 200 गुना और टिन के उत्पादन को 250 गुना करना होगा। लेकिन यह निश्चित बात है कि धरती पर इतने साधन उपलब्ध नहीं हैं कि वस्तुओं का उत्पादन इतना अधिक बढ़ाया जा सके। सुना जाता है कि अमरीका जिस तेजी से बढ़ रहा है, उसका दुष्परिणाम उसे अब अधिक नहीं, केवल 20 वर्षों के बाद ही भयानक रूप में दिखाई पड़ेगा।

और यह क्या जरूरी है कि सारा संसार अमरीका बन जाए या अमरीका वही बना रहे, जो वह आज है? सुपर सोनिक जहाज बनाने की होड़ को मैं पागलपन समझता हूँ। गांधी जी होते, तो वे भी उसे पागलपन ही कहते। आखिर घंटे-दो घंटे देर से पहुँचने पर आदमी का क्या बिगड़ने वाला है? और बहुत जल्दी शहर में पहुँचकर वह संसार के किस बड़े काम को अंजाम देता है? यही न कि वह मौज-मजे को जल्दी-जल्दी दुहरा सकता है और अपने-आपको कुछ और आसानी से खराब कर सकता है?

सुना है, कोई-कोई मोटर अब 450 हार्स पावर की बनने लगी है। लेकिन काम उस शक्ति का दशांश ही करता है, क्योंकि जोखिम और दुर्घटना के भय से उसकी पूरी शक्ति का उपयोग नहीं किया जा सकता। तब आदमी 45 हार्स पावर की मोटरों से संतुष्ट क्यों नहीं रहता? विज्ञान और टेक्नोलॉजी ने मिलकर मनुष्य को पागल बना दिया है। यही वह प्रसंग है, जहाँ गांधी जी की याद आती है। गांधी से शिक्षा लो। असम्भव योजनाएँ मत बनाओ। जिस चीज की जरूरत नहीं है, उसकी ईजाद मत करो। जिस स्टैंडर्ड तक सारी दुनिया नहीं पहुँच सकती, उस स्टैंडर्ड तक पहुँचने का लोभ भारत के मन में जगाना पुण्य नहीं, पाप है। पाप के

अलावा वह बेवकूफी भी है। योजना बनाते समय केवल यही सोचना जरूरी नहीं है कि इससे काम कितने लोगों को मिलेगा। सोचने की बात यह भी है कि उससे वायुमंडल कहाँ तक दूषित होगा।

भारत के सामने सबसे व्यावहारिक ध्येय यही हो सकता है कि वह भिखमंगी को दूर करे, गरीबी को दूर करे, अशिक्षा और बेकारी को दूर करे, नग्नता और आवासहीनता को दूर करे। इन्हें दूर करने की जो प्रतिज्ञा सरकार ने की है, उसकी ख्याति संसार में दूर-दूर तक पहुँच गई है। मगर इन्हें दूर करेंगे कौन? क्या वे, जो अस्पताल के रोगियों के पथ्य और औषधि में कटौती करके अपनी जेब भरते हैं? या वे, जो ऑर्डर लिखने के पूर्व इस इन्तजार में रहते हैं कि उनके ईमान का सबसे अच्छा खरीददार कब आता है? चीनी आक्रमण के समय यह भी अफवाह उड़ी थी कि नेफा में लड़नेवाले सिपाहियों के लिए जो सामान भेजे गए थे, उनका कुछ अंश यारों ने कलकत्ते के काले बाजार में बेच डाला था।

हमारी सबसे बड़ी आशा जवाहरलाल के द्वारा पोषित और पालित प्रजातंत्र से थी। सो अब उसका रूप भी भयानक और भ्रष्ट हो रहा है। संसार में कहावत है कि जहाँ बैलेट नहीं चलते, वहाँ बुलेट चलते हैं। भारत ने एक नया प्रयोग करके यह सिद्ध कर दिया कि बैलेट उसी का चलता है, जिसके पास बुलेट यानी लाठी का जोर है। ओस्वाल्ड स्पेंगलर ने लिखा था कि 'प्रजातंत्र सर्वश्रेष्ठ लोगों का शासन नहीं है, वह चुने हुए लोगों का शासन नहीं है, वह रुपयों का राज है।' सो भारत में भी हम जो देख रहे हैं, वह और कुछ कम, रुपयों का राज अधिक है।

जिस जाति का चरित्र इतना नीचे आ गया हो, वह क्या समूह के रूप में सुखी बनाई जा सकती है? सरकार नाम तो निराकार वस्तु का है। साकार वह अपने नेताओं और अफसरों के भीतर आने पर होती है। मगर जिस सरकार का यंत्र चोरी, बेईमानी, आलस्य और अकर्मण्यता के बोझ से चरमरा रहा हो, उसकी कोई भी योजना क्या सफल हो सकती है? स्वराज्य के पूर्व तक हमारे मूल्यों को देखकर संसार हमारी प्रशंसा करता था, मगर स्वराज्य के बाद से हमारे मूल्यों में गिरावट शुरू हो गई और गिरते-गिरते अब वे मूल्य बहुत नीचे आ गए हैं।

जब स्वराज्य की लड़ाई चल रही थी, हमारे नेता तिलक और अरविन्द थे; गांधी, मोतीलाल और सी.आर. दास थे; जवाहरलाल, सुभाषचन्द्र और लाला लाजपत राय थे; राज गोपालाचारी, सरदार पटेल और राजेन्द्र प्रसाद थे; आजाद, किदवई, नरेन्द्रदेव और जयप्रकाश नारायण थे। अब जो लोग राज कर रहे हैं, उनमें कौन हैं, जो इनकी कमर तक भी आ सकता हो? जमहूरियत लाने की लड़ाई बराबर सिंह लड़ते हैं मगर जब जमहूरियत पहुँच जाती है, तब सिंह मर जाते हैं, और राज चूहों का चलने लगता है।

देश की जो हालत मुझे दिखाई पड़ती है, वह अच्छी नहीं, बहुत ही खराब है। टेक्नोक्रेटों, मैनेजरों, मन्त्रियों और अफसरों की संख्या बड़ी होने से देश बड़ा नहीं होता। बड़ा वह तब होता है, जब ये लोग जनता की सुख-समृद्धि के लिए अपनी वैयक्तिक सुख-समृद्धि को छोड़ने को तैयार हों, जब ये लोग जनता की उन्नति के लिए उसी प्रकार अपने प्राणों की बाजी लगा दें, जैसी बाजी स्वराज्य-संग्राम के योद्धाओं ने देश को स्वाधीनता करने के लिए लगाई थी।

यहाँ मुझे उन युवा विद्वानों का स्मरण हो आता है, जो विदेश जाकर विशेषज्ञता अर्जित करते हैं और फिर स्वदेश इसलिए नहीं लौटते कि यहाँ अमरीका और कनाडा वाला आराम नहीं है। यह देशभक्ति का लक्षण नहीं है। मगर उन्हें हम कहाँ तक दोष दें, जब नौकरशाही के अत्याचारों से आजिज आकर इस देश के वैज्ञानिक आत्महत्या तक कर लेते हैं? कल-कारखाने और वैज्ञानिक संस्थान खोलने से भी ज्यादा जरूरी काम यह है कि हम बालकों को आरम्भ से ही यह सिखाना शुरू करें कि बहुत सुख भोगने के मनसूबे मत बाँधो, तुम्हारा देश गरीब है, इसे स्वतंत्र बनाने के लिए अमीर-से-अमीर नेता भी कंगाल बन गए थे। तुम्हारा भी कर्तव्य है कि तुम देश को उन्नत बनाने के लिए अपने सुखों का त्याग करो।

लेकिन केवल सिखाना काफी नहीं है। जो लोग देश के विधाता हैं, उन्हें खुद गरीबी को स्वीकार करना चाहिए, अनावश्यक सुखों का त्याग करना चाहिए और नई पीढ़ी को अपने चरित्र के दृष्टान्त से प्रभावित करना चाहिए।

गांधी जी के नैतिक पक्ष को काम में लाए बिना हमारा उद्धार नहीं होगा। बाहर के लोग समय-समय पर आकर हमें जो सर्टिफिकेट दे जाते हैं, वे सब-के-सब निरर्थक और बेकार हैं। हम खूब जानते हैं कि हमारी अंदरूनी हालत क्या है और हमारे सरकारी कारखाने और सार्वजनिक योजनाएँ सफल क्यों नहीं हो रही हैं। हमारे पास कमी दिमाग की नहीं, चरित्र की है। आश्चर्य है कि जो देश जनरल मानेक शॉ के समान प्रतापी सामरिक नेता और इन्दिरा के समान साहसी और विचक्षण प्रधानमंत्री उत्पन्न कर सकता है, वह अच्छे मैनेजर और कर्मठ मजदूर उत्पन्न नहीं कर सकता? अवश्य ही यह चरित्र का संकट है, मूल्य का संकट है, जिसमें सारा देश गिरफ्तार है और जब तक इस संकट से हम उद्धार नहीं पाते, न तो हमारी गरीबी दूर होगी, न हम ऐसा देश बन सकेंगे जिसे संसार बराबर इज्जत की निगाह से देखता रहे।